Michael Göbel

Märchen auf Ruhrpottisch
Band 7

Grimms Märchen, umgeschrieben ins Ruhrpott-Deutsch

Bibliografische Information der Deutschen Nationalbibliothek:
Die Deutsche Nationalbibliothek verzeichnet diese Publikation
in der Deutschen Nationalbibliografie; detaillierte bibliografische
Daten sind im Internet über abrufbar.

Cover Foto: Pixabay
Herausgeber: Manuela Göbel
Autor: Michael Göbel
Illustration: Lizenzfreie Bilder
Nach Vorlage: Kinder und Hausmärchen der Gebrüder Grimm

Herstellung und Verlag:
BoD – Books on Demand, Norderstedt

ISBN: 9783749496914

Inhaltsverzeichnis

Einleitung

Hömma, easma vieln heazlichn Dank füa euja zahlreichet Vatraun un datta de Mäachen so geane happt.
Leida mussich euch getz hia mitteiln tun, dat dat hia, dat letzte Mäachenbüüchsken mit Grimm's Mäachen is. Abba lasst den Kopp nich hängn hömma, et gibbt im neujen Jaah au widda neuje Mäachen auf Ruhrpottisch, wissta. Et sin de Mäachen von Hanz Christjan Andassn, kea, de kennta do au alle noch.

Hömma, ich hoff, datta au weita de Mäachens treu bleibm tut un se bei Bekannte, bei euch inne Mischpooke oda eujan Froindn weitaempfeehln tut. Hömma, au meine Fänbäiß bei Fääßbukk hat schonn mächtich zugenomm un et wüad mich freun tun, wennse weitahin noch mächtich waksn wüade, getz binnich bei 3650 Followan un et weadn imma noch meha.
Ach, wat ich noch saagn wollte is:
Et kommt nochn allaletzta Band mit Grimm's Mäachen raus, da könnta auffe Seite bei Fääßbukk mitbestimm tun, welche dea schöönstn 105 Mäachen, die ich bis getz umgeschrieem hap, drinnen sein solln. Also auffm gutet Apstimm, nä!

So, ich wünsch euch damma viel Froide un Spässken anne letzn fuffzehn Grimm's Mäachen hia im m Büüchsken un pass mich ja guut auf, datta euch im Mäachenwald nich valaufm tut, denn der bööse Wolf waatet nich lange un schwuppz bisse wech, woll. Ich hoff ja, datta beie näästn Bände von „Hanz Christjan Adassn" au widda mit vonne Paatie seid, also bis denne.

Liebe Grüßkes un Glück auf
Euja Micha

6

Vom Tode det Hühnkes

Hömma, weisse wat!? Auf ne Zeit laatschte dat Hühnken mittm Hähnken in den Nussbeach un se machtn mittenanda aus, wea zueast nen Nusskean findn tät, sollte ihn mittn andren teiln machn. Nun fant dat Hühnken nen großet, großet Nüssken, sachta abba nix davon, denn et wollte den Kean alleine futtan, weisse.

Dea Kean wa abba so mächtich dick hömma, dat et ihn nich runnaschluckn konnte un er bliep ihm im Günsl am steckn dat et ihm ankst un bange wuade un et schrie:

„Ker Hähnken, ich bitte dich, lauf ma wacka un so schnell wieje kannz un hol michn Schlückzken Wassa, ich bin am eastickn dranne."

Hömma, dat Hähnken lief so wacka et konnte zum Brunn un spraach:

„Ey Brunn, du solz mich Wassa geehm; dat Hühnken is auffm Nussbeach am krepiean, denn et hat sich annem mächtign Nusskean dran vaschluckt un is am eastickn dranne."

Da antwoatete der Brunn:

„Ker, dann wetz wacka zua Braut hin un lass dich roote Seide geebm tun."

Dat Hähnken wetze wat et konnte, wacka zua Braut un rief:

„Hömma Braut, du sollz mich helfm machen un mich roote Seide geebm tun; de roote Seide willich den Brunn geebm, dea Brunn soll mich Wassa geebm, dat Wassa willich dem Hühnken bringn machn, denn et liecht auffm Nussbeach un hat sich an nen mächtiget Nüssken vaschluckt un is am eastickn dranne."

Hömma, da antwoatete de Braut:
„Ker, dann pees ma wacka un tu mich mein Kränzken holn machn, denn dat bliep anne Weide am hängn."

Hömma da peeste dat Hähnken so wacka et konnte zua Weide un zooch dat Kränzken vom Ast un brachte et dea Braut un de Braut gaap ihm de roote Seide dafüa.

Illustration: **Otto Ubbelohde** 1867 – 1922 (Bild-PD-alt)

Da brachte dat Hähnken de roote Seide dem Brunn, dea gaap et dafüa dat Wassa. Dann brachte dat Hähnken dat Wassa zum Hühnken, abba wie et dahin kam, wa deaweil dat Hühnken annem Nüssken eastickt un somit krepieat un laach tot da un reechte sich nich. Ker, da wa dat Hähnken so bedröppelt, dat et laut schrie, un et kamen alle Viecha un beklaachtn den Tod det Hühnkens. Hömma, un seckz Mäusken bautn nen kleinen Waagn, um dat Hühnken darinne zu Graabe zu fahrn, se spanntn sich davoa un dat Hähnken fuhr.
Auffm Weege abba kam nen Fucks dahea un spraach:
„Hömma, wo willze hin Hähnken?"

„Weisse, ich will mein Hühnken begraabm machn."

„Hömma, daaf ich mitfahrn tun?"

„Jau, abba tu dich hintn hinpfleetzn, voane könn et de Zossn nich vatraagn weisse!"

Da setzte sich dea Fucks hintn auf; dann dea Wolf, dea Bäar, dea Hiiasch, dea Lööwe un alle Viecha aussm Walde, weisse. Hömma, so ging de Fahrt imma weita foat un se kamen anna Becke voabei un dat Hähnken fruuch:
„Ker, wattn schisselameng, wie könn wa da rübbakomm tun?"

Da laach nen Strohhalm anna Becke un dea sachte:
„Hömma, ich will mich ma kwea drübbaleegn tun, so kannze drübbafahrn machn."

Ja nee, is klaa nä! Wie abba de secks Mäuskes mittn Waagn auffe Brücke waan, da rutschte dea Strohhalm ap un fiel inne Becke, (ah so, et wa ja ne Köttlbecke, weisse) un de secks Mäuskes un alle andren Viecha, fieln mit hinein un easoffm, nua dat Hähnken hatte Glück un konnte runnaspringn tun. Hömma, da ging de Not vom neujn an, denn et kam ne Kohle un sachte:
„Weisse wat? Ich bin groß genuch, ich will mich drübbaleegn machn un ihr sollt übba mich fahrn tun."

„Ja, meinze eahrlich? Ich hoff, dat tut klappm tun," sachte dat Hähnken.
Hömma, da leechte sich de Kohle übba de Becke, abba se beräahrte dat Wassa unglückzlichaweise nen bissken, da zischte se un ealosch un wa tot.

9

Wie dat abba nen Steinken saah, eabaamte er sich un wollte dem Hähnken helfm machn un leechte sich übba dat Wassa. Da zooch dat Hähnken den Waagn selpz, wie et ihn abba bald drüühm hatte un et wa schonn mittm tootn Hühnken auffm Lande un wollte au de ganzn andren Viecha, die alle hintn aufsaaßn, au rausziehn tun, da wa et ihm abba zu viel un zu schwea gewoadn un dea Waagn fiel zurück un allet fiel mit inz Wassa. Da holte dat Hähnken dat toote Hühnken ausse Köötlbecke un wa nun ganz allein, et gruup ihn nen Graap aus un leechte et hinein. Et machte nen töftn Hüügl drübba, auf dem setze et sich nieda un gräämte sich.

Illustration: **Otto Ubbelohde** 1867 – 1922 (Bild-PD-alt)

Hömma, et gräämte sich so lange weisse, biss et entzlich au staap; un da waan se nun alle tot.

*** ENDE ***

Oll Rinkrank

Et wa eima nen Könich, hömma, dea hatte nen Töchtaken; dea hatta nen glääsanen Beach machn lassn un hatte gesacht: „Hömma, wea darübba laatschn kann, ohne runnazufalln, dea solle seine liebe Schickse zua Olln bekomm."

Nun wa da au nen Seega, dea mochte de Könichstochta von Heazn gean leidn. Dea Fraachte den olln Könich, oppa sein Töchtaken dennich zua Olschn haabm könnte.

„Jau," sachte de Könich, „wennze mich vom Beach nich runnafällz, dann kannze se kriegn tun."

Da sachte de Könichstochta, se wolle mit ihm rübbalaatschn un ihn haltn machn, wenna falln sollte. Hömma, da lief se mit ihm rübba; wiese abba mittn auffm Beach waan, rutschte de Könichstochta aus un fiel auffe Fott un dea Glaasbeach machte sich offm, un se stüazte hinein. Dea Bräutigam abba konnte se nich sehn, wose geblieebm is, denn dea Beach hatte sich sofoat widda zu gemacht, weisse. Da jammate er un fink am heuln an, er bläddate so sehr un wa soo betrüüpt; dea Könich wa au so sehr bedröpplt un ließ den Beach widda apreißn machn un meinte, er könnte se so widda hearaskriegn tun; abba de Maloocha konntn de Stelle nich findn machn, wose innen Beach runnagefalln wa.

Kea hömma, untadessn wa de Könichstochta ganz tief auffm Grund nen dunklen Schacht runnagefalln un in ner mächtich grooßn Höhle gekomm. Da kam ihr son olla Kumpl mit nem ganz langn Baat entgeegn, de maloochte wohl da unta Taage un sachte zu se:

11

„Glück auf" un weita, hömma Määdl, wennze ne Maacht weadn willz un allet machen tuhs, wat ich dich befehle, dann sollze am Leehm bleibm; un wenn nich, dann mussich dich apmuakzn."

Kea, von dem Moment an machte se allet wat ihr dea Kumpl befahl. Am andren Moagn nahma seine Faahrte (hömma, dat is füa unta Taage de Bezeichnunk füa ne Leita, damitte Bescheit weis, nä), leechte se annem Beach an un stiech damit aussm Beach heraus, (denn der Schacht wa im aasch un et gaap keine Seilfahrt mehr); dann zoocha de Fahrte na oohm raus, damit de Tusse nich aphaun konnte. De Schickse musste untadessn inne Zeit dat Futta brutschln un ihm de Fuazmolle richtn machn; wenna abba widda runna na Hause kam, brachta imma nen haufm an Gold un Silba mit, dat wa bestimmt sein Gedingelohn, weisse.

Alz se nun schonn viele, viele Jäährchen beim Kumpl geweesn un ganz oll gewoadn wa, da nannte er se seine *Frau Mansrot* un se musste ihn imma *Oll Rinkrank* saagn machn. Alza widda eima hinaus wa, da machte se ihm seine Poofe un wusch seine Schüssels. Dann machte se de Tüarn un Fenstakes alle dicht zu, damit kein Kohlstaub inne Bude kam, abba da noch nen Schiebefenstaken, wo Licht reinkam; dat leiß se offm. Alz dea oll Rinkrank widdakam, kloppte er anne Tüar un rief:
„Fro Mansrot, mach mich de Tüare offm!"

„Nee hömma," sachte se, „ich tu dich, oll Rinkrank, de Tüate nich offm!"

Da spraachawidda: „Kea, hia steh ich aama Rinkrank, mit de Porreepiepen so lank, auf meine vagoldetn Maukn, och, Fro Mansroot, tu mich de Schüsssels waschn."

12

„Hömma, ich happ de Schüsslns schonn gewaschn," sachte se.

Da spraacha widda:
„Kea, hia steh ich aama Rinkrank, mit de Porreepiepen so lank, auf meine vagoldetn Maukn, Fro Mansroot, tu mich meine Poofe machn."

„Hömma, deine Fuazmolle is schonn gemacht," sachte se.

Da spraacha widda:
Kea, hia steh ich aama Rinkrank, mit de Porreepiepen so lank, auf meine vagoldetn Maukn, Fro Mansroot, tu mich de Tüare offm machn."

„Nee du olla Rinkrank, ich tu dich de Tüare nich offm," sachte se widda.

Da wetzte er um Häusken un saah, dat keine Luuke offm wa; da dachta: „Du muss domma nachkuckn tun, wat se wohl macht un de Tüare nich offm machn will."

Da willa duache Luuke reinkuckn, abba konnte den dickn Kopp weegn sein langn Baat nich duachkriegn. Da steckta east sein langn Baat duach de Luuke un alza ihn hinduach gesteckt hatte, da kam de oll Frau Mansroot heabei un zooch de Luuke graade so mit nem Bändken zu, wat se ma dranne gebundn hatte un so bliep dea Baat drinne fest am hängn, weisse.
Da fink dea oll Rinkrank abba jämmalich am schrein, dat ihm dat so weh tääte un baat se, se mööge ihm doch widda loslassn, abba da sachte se:
„Hömma dat kannze vagessn! Nich eha, bisse mich de Faahrte gippz, womitte imma aussm Beach steichs."

Kea, da mochte er nun wolln oda nich, er musste ihr saagn machn, wo de Faahrte am stehn is. Da knöppte se nochn längret Bändken anne Luuke vom Schiebefenstaken, nahm de Faahrte, leechte se an un stiech aussm Beach hearaus; un wiese oohm wa, da zooch se dat Schiebefenstaken offm. Dann laatschte se zu ihrm Vadda, un eazählt ihm de ganze Storry, wie allet so gekomm un et ihr eagangn wäare. Da freute sich der Könich nen Ast un ihr Bräutigam hatte au nonich dat zeitliche geseechnet un freute sich mit. Un nun gingn se hin un gruubm den Beach offm un fanden den olln Rinkrank mit all sein Gold un Silba darin auffe Gezähekiste (Weakzeuchkiste) am sitzn. Da ließ der Könich den oll Rinkrank apmuakzn machn un all sein Gold un Silba nahma mit sich foat.

Illustration: **Otto Ubbelohde** 1867 – 1922 (Bild-PD-alt)

De Könichstochta abba krichte ihrn frühren Seega un Bräutigam zum Olln un se leeptn noch ganz vagnüücht un herrlich in Froidn, ne zimmlich lange Zeit mittenanda zusamm, bisse einet Tachs, au dat zeitliche seechnetn.

*** ENDE ***

Junkfrau Maleenke

Et wa eima nen Könich, hömma dea hatte nen Bengl, dea waap ummen Töchtaken einet mächtign Könichs un de Tusse hieß Junkfrau Maleenke un wa sowat von schnicke hömma, dat hasse nonnich gesehn, weisse.

Weil ihr Vadda se abba nen andren Seega vasprochn hatte, so waad se füa ihm vasaagt. Abba da se sich beide von Heazken lieptn, so wolltn se nich vonnenanda lassn un de Jungfrau Maleenke spraach zu ihrn Vadda:

„Ey hömma Vadda, ich will kein andren Seega, alz mein allaliepztn zum Gemahl nehm, hasse kapieat!?"

Hömma, da geriet ihr Vadda abba voll in Zoan un wuade brääsich, ließ auffe Halde nen hohn Tuam baun, in den kein Strahl vom Lorenz un Mond falln konnte, weisse. Alz nun der Tuam feddich wa, da spraach der Könich:

„Hömma mein liebet Töchtaken, darinne sollze siem Jäahrchen lang sitzn tun, dann willich widdakomm un glotzn, op dein döösiga Sinn gebrochn is, vastehsse!?"

Da waad nun füa siem Jäahrchen Speis un Trank innem Tuam geschleppt un se waad mit ihra Kammajunkfa reingefüahrt un eingemauat, also von Eade un Himmelken geschieedn. Da hocktn se nun inne dunkle Finstanis un wusstn nich, wann Tach un Nacht anbraach. Dea Könichssohn laatschte oft ummen Tuam hearum un rief ihrn Naahm, abba kein Laut drank von aussn duache dickn Mauan. Hömma, wat konntn se andret machn tun, alz jamman un lamentiean? Indessn vaging de Zeit un anne Apnahme von Speis un Trank bemeaktn se, dat de siem Jäahrchen dem Ende nah waan. Se dachtn, dea Aungnblick dea Ealösunk wäare gekommen, abba kein Schlach

15

von nem Mottek ließ sich höaan un kein Steinke wollte ausse Maua falln: da schien et so, alz op ihr Vadda se vagessn hätte. Alze nua noch füan paar Taage wat zu Futtan un zu Süppln hattn un nen jämmalichn Tode voaraussaahn, da spraach de Junkfrau Maleenke:
„Kea, getz müssn wa dat letze vasuuchn machn un sehn tun, opwa de Maua nich duachbrechn könn."

Se nahm den Brootzachl, gruup un boahrte an nem Möatl einet Steinkes hearum un wennse müüde wa, so lööste de Kammajunkfa se ap. Hömma, nach langa un anstrengnda Malooche gelank et ihnen, nen Steinke hearauszunehm, dann nen zweitn un nen drittn un nach drei Taagn fiel dea easte Lichtstrahl inne Dunklheit un entzlich wa au de Öffnunk so groß, dat se rausglotzn konntn. Dea Himml wa könichsblau un ne frische Briese wehte ihnen entgeegn. Abba wie traurich sah

Illustration: **Otto Ubbelohde** 1867 – 1922 (Bild-PD-alt)

16

allet rinkshearum aus; dat Schlössken ihret Vaddas laach in Trümman, de Stadt un de Döafa waan, so weit man glotzn konnt in Schutt un Asche vabrannt. De Felda, Wiesn un Wälkes waan vaendet um keine Menschnseele wa zu sehn. Alz de Öffnuk groß genuch wa, hüppte zu east de Kammajunkfa raus un dann folchte ihr de Junkfrau Maleenke den Tuam hearap.

Abba wo un an wem sollten se sich nua hinwendn tun? Denn de Feinde hattn dat ganze Reich vawüüstet, den Könich inne Walachhei geschickt un alle Einwohna masakrieat. Also wandaatn se foat, ummen Land suuchn zu machen, wose untakomm konntn, abba se fanden kein Opdach oda nen Menschn, da ihnen nen Kantn Broot gaap un ihre Not wa so groß hömma, dat se ihrn Kohlampf annem Brennessel-sträuchsken stilln musstn. Alze nache langn Wandarunk innen andret Land kamen, bootetn se übbaall ihre Dienste an, abba wose au ankllopptn, keine Sau wollte se aufnehm un wuadn apgewiesn. Hömma, niemand wollte sich ihra eabaamen, abba dann gelanktn se inne mächtige Stadt un se laatschtn zum könichlichn Hoof. Abba au da hieß man se weitazugehn, bis entzlich nen Koch sachte, datse inne Küche bleim könnte un alz Aschnputtl, Malooche zu varichtn.

Dea Bengl det Könichs, in dessn Reich se sich getz befandn, wa abba graade dea valoopte vonne Junkfrau Maleenke geweesn un sein Vadda hatte ihn ne andre Braut bestimmt; hömma, de Tusse wa abba ebentso hässlich von Angesicht, alz au bööse vom Heazn, weisse. De Hochzeit wa schonn festgesetzt un de Braut angelankt; bei ihra grooßn Häßlichkeit abba ließ se sich nich blickn machn un schloss sich in ihr Kabüffken ein un de Junkfrau Maleenke musste ihr ausse Küche wat zum Spachtl bringn.

17

Alz nun dea Tach kam, wo de Braut mit ihrm Bräutigam inne Kiiache gehen sollte, so schäämte se sich ihra Häßlichkeit un füachtete, wense sich auffe Straaße zeichte, dat de ganzn Leutz vom Reich se vaspottn un sich ihra beömmln wüadn. Da sachte se zua Junkfrau Maleenke:
„Hömma, dich steht nen mächtich großet Glück bevoa, kea ich happ mich mein Flunkn vatreetn un kannich übba de Straaße laatschn; du sollz mein Brautfumml übbasträppm un meine Stelle einnehm tun. Hömma, ne grööβre Ehre kann dich nich zu teil weadn."

De Junkfrau Meleenke schluuch dat Angeboot aus un sachte:
„Hömma weisse, ich valang keine Ehre, die mich nich gebüahrn tut."

Et wa au vageeplich, datse ihr Gold anboot un spraach zoanich:
„Kea, wennze mich nich gehoachs, so lassich dich´n Kopp küaza machn, dat et dich dein Leehm kostn tut; ich brauch nua ein Woat zu saagn, dann is Schicht im Schacht un dein Kopp is dich zure Maukn, geleecht, weisse."

Kea, da musste se dea hässlichn gehoachn un de prächtign Fumml vonne Braut samt Schmuck anleegn. Alze nun innen könichlichn Saal eintraat, da eastauntn alle übba de große Schönheit un dea Könich sachte zu sein Sohn:
„Hömma, dat is de Braut, die ich füa dich ausgesuucht happ un dieje zua Kiiache füahrn sollz."

Dea Bräutigam eastaunte un dachte sich:
„Kea, se gleicht meina Junkfrau Maleenke un ich wüad glaubm tunn, se wäar et selpz, abba se hockt ja schonn lange oohm im Tuame oda is krepieat."

18

Er nahm se beie Poote un füahrte se inne Kiiache. Am Weege abba, da stant nen Brennesslbüschken, da spraach se: „Brennesslbüschke, Brennesslbüschke so kleen, wat stehsse hia alleen, ich happ voa kuazm de Zeit genutzt, un dich ungesüüßt gean veaputzt."

„Kea, wat sachsse da?" fraachte der Könichssohn.

„Nix," antwoatete se, „ich dachte anne Junkfrau Maleenke."

Hömma, dat vawundaate abba dem Bräutigam, dat se von ne Maleenke wusste, weisse, schwieg abba stille un sachte nix. Alz se anne Treppe vonne Kiiache kamen, spraach de Braut: „Kiiachntreppe, Kiiachntreppe brich nich, ich bin de rechte Braut nich."

„Kea, wat sachsse da?" fruuch dea Könichssohn.

„Nix," antwoatete se, „ich dachte anne Junkfrau Maleenke."

„Hömma, wohea kennze de Junkfrau Maleenke?" fruuch der Könichssohn.

„Nee hömma, ich kenn se nich," antwoatete de Braut, „wie soll ich se denn au kenn tun, ich happ nua von se gehöaat, weisse."

Alz se anne Kiiachntüar kamen, spraach se abbamalz: „Kiiachntüar, Kiiachntüar, brich nich, ich bin de rechte Braut nich."

„Kea, wat sachsse da?" fraachta se widda.

19

„Ach weisse," antwoatete se, „ich happ nua anne Junkfrau Maleenke gedacht."

Da zoocha nen töftet un kostbaaret Geschmeide heavoa, leechte et ihr ummen Günsl un haakte de Kettnrinkskes innenanda. Darauf hin traatn se inne Kiiache un dea Pastek leechte voam Altaa ihre Flossn innenanda un vamählte se. Der Könichssohn füahrte se zurück, abba se sachte nich'n Piepz oda nen Woat auffm ganzn Rückweech. Alz se widda im könichlichn Schlössken waan, eilte se wacka innem Kabüffken dea Braut un ströppte sich de Brautplörren aus un den Schmuck ap, zooch ihrn graun Kittl an, abba behielt noch dat töfte Geschmeide ummen Halz, dat se voare Kiiache von Bräutigam eahaltn un umgehangn bekam. Alz de Nacht hearan kam un de Braut in dat Zimmaken det Könichssohns gefüahrt weadn sollte, so ließ se den Schleija übba de Fratze falln, damitta den Betruch nich meaktn sollte. Sowie all de Leutz foatgegangn waan, da spraacha zu se:
„Hömma, wat hasse denn zum Brennesslbüschken gesacht, dea am Weege standn tat?"

„Hää, wattn füan Brennesslbüschken?" fraachte se, „kea, ich kwatsch doch nich mit Grünzoichs, schonn gaanich mittn Brennesslbüschken, weisse."

„Ja hömma, wenne et nich getan hass, dann bisse nich de rechte Braut," sachta.

Da behalf se sich abba wacka un spraach:
„Kea muss ma raus zu meina Maacht, de meine Gedankens im Kopp se traacht."

Se ging hinaus un fuahr de Junkfrau Maleenke an un sachte:
„Kea Schlampe, wat hasse zurem Brennesslbüschken gesacht?"

„Hömma ich sachte nix aussa; Brennesslbüschke, Brennesslbüschke so kleen, wat stehsse hia alleen, ich happ voa kuazm de Zeit genutzt, un dich ungesüüßt gean veaputzt."

Da wetzte de Braut inne Schlaafkamma zurück un sachte:
„Getz weissich wat ich zum Brennesslbüschken gesacht happ" un widdaholte de Woate, diese ebent gehöaat hatte.

„Hömma, un wat hasse zua Kiiachntreppe gesacht, alz wa se hoch gingn?"

„Kea, ich kwatsch donnich mitte Kiiachntreppe," antwoatete se brääsich.

„Ja nee, is klaa, dann bisse au de rechte Braut nich," sachta.

„Kea, da mussich donomma raus zu meina Maacht, die meine Gedankens im Kopp se traacht," sachte se nomma.

Se wetze hinaus un pampte Maleenke heftich an un spraach:
„Kea Schlampe, wat hasse dea Kiiachntreppe gesacht?"

„Hömma ich sachte nix aussa; Kiiachntreppe, Kiiachntreppe brich nich, ich bin de rechte Braut nich."

„Dat tut dich dein Leehm kostn," rief lauthalz de Braut un eilte wacka inne Schlaafkamma zurück un sachte:
„Hömma, getz weissich, wattich de Kiiachntreppe gesacht happ" un widdaholte de Woate, diese ebent gehöaat hatte.

„Ja hömma, abba wat sachtese denn dea Kiiachntüar?“

Häää, zuare Kiiachntüar?“ antwoatete se, „kea, ich kwatsch donnich mit nea Kiaachntüar.“

„Ja nee, dann bisse au de rechte Braut nich, weisse,“ sachta.

Se laatschte hinaus un pampte de Junkfrau Maleenke deabe an: „Ey du Schlampe, wat hasse denn dea Kiaachntüare gesacht?“

„Ja weisse, ich sachte; „Kiiachntüar, Kiiachntüar, brich nich, bin de rechte Braut nich.“

„Dat tut dich den Halz brechn machn,“ bölkte de Braut un geriet mächtich in Zoan, eilte abba wacka zum Bräutigam inne Schlafkamma zurück un sachte: „Kea, wat binnich n´ Dussl, getz weissich wat ich zuare Kiiachntüare gesacht happ“ un widdaholte de Woate.

„Abba wo hasse denn dat töfte Geschmeide, dat ich dich anne Kiiachntüar gaap?“ sachte dea Bräutigam.

„Wattn füan Gerschmeide hömma?“ antwoatete se, „du hass mich doch kein Geschmeide gegeehm.“

„Hömma, kwatsch kein stuss, ich habbet dich selpz ummen Halz geleecht un de Kettninge eingehaakt, wennze dat nich mehr wissn tuhs, bisse de rechte Braut au nich.“

Er zooch ihr den Schleija vonne Visaage un alza de grundlose Häßlichkeit vonne Braut eablickte, spranga easchrockn zurück un sachte:

„Kea, wie kommze hiahea? Wea bisse? Wo kommze wech?"

„Hömma, ich bin doch deine valoopte Braut," sachte se, „dein Vadda, dea Könich hat mich füa dich bestimmt, abba weil ich füachtete, de Leutz wüadn mich vaspottn, wennse mich draussn sehn tun, so habbich dat Aschnputtl befohln, meine Braut-plörren anzuströppm un statt meina zua Kiiache zu gehen."

„Ja samma, wo issn de Tusse getz?" sachta „ich will se sehn tun, geh ma un holse bei mich bei."

Se ging hinaus un sachte den Dienan, dat Aschnputtl sei ne Betrüügarin, se solltn se im Hoof runnafüahrn un ihr den Kopp apschlaagn. De Diena packtn dat Aschnputtl un wolltn et foatschleppm machn, abba et krakeelte so laut um Hilfe, dat dea Könichssohn ihre Stimme vanahm, wacka aus seinem Kabüffken heabeieilte un den Befehl gaap, dat Määdken sofoat loszulassn. Et wuadn helle Funzln heabeigeholt un dann bemeakte dea Könichssohn an ihrem Halz dat Geschmeide, datta ihr voare Kiiachntüar gegeebm hatte.

„Du biss meine rechte Braut," sachta da, „du biss mit mich inne Kiiache gegangn; komm mit in mein Kabüffken."

Alz se nun beide allein auffe Poofe saaßn, spraacha zu se: „Hömma, du hass auffm Kiiachgang de Junkfrau Maleenke genannt, se wa ma meine valoopte Braut. Kea, wennich dächte, et wäare mööchlich, so müsste ich glaubm tun, se stände selpz voa mia, denn du gleichs se, wie nen Ei dem andren, weisse."

„Ja hömma weisse, ich bin de Junkfrau Maleenke, die um dich siem Jäahrchen inne Finstanis gefangn gesessn wa. Kea,

23

Kohldampf, Duast un Schmacht habbich gelittn un soo lange in Aamut geleept. Abba ap heut bescheint mich dea Lorenz widda. Hömma, ich bin dich inne Kiiache angetraut woadn un bin deine rechte Gemahlin."

Se knuutschtn einanda un waan glückzlich füa ihrn Leeptach, datse nich mehr vonnenanda lassn wolltn. Dea falschn un häßlichn Braut waad zua Vageltunk dea Kopp apgeschlaagn.
Abba hömma, dea Tuam, in welcha de Junkfrau Maleenke gesessn hatte, stand noch ne lange Zeit auffe Halde un wenn de Blaagn voarübba gingn, so trällatn se:

"Kling, klang kloria – wea hockt innem Tuame da?
Da hockt de Könichtochta drin – kannse nich zu seehn krieg.
De Mauaan wolln nich brechn – un de Steinkes nich zeastechn.
Hänsken mitte bunte Büks – folch mia nach, et brinkt do nix."

Illustration: **Otto Ubbelohde** 1867 – 1922 (Bild-PD-alt)

*** **ENDE** ***

24

Dea Bäanhäuta

Hömma, et wa eima nen jungn Seega, dea ließ sich alz Soldaat anweabm machn, hielt sich imma tapfa un wa au imma inne voadaste Reihe, wennet blaue Böhnkes reechnete, vastehsse!?
Solange dea vadammte Kriech dauate, ging allet gut, abba alz Friede geschlossn waad, bekama nen Aaschtritt un konnte sich vapissn un zum Apschied sachte ihn dea Hauptmann, datta hingehn könne wo dea Pfeffa waksn tut, weisse.
Seine Eltan hattn schon lange dat gezeitete geseechnet un waan untam Toaf un er hatte keine eigne Bude, da ginga zu seine Brüüda un baatse, ihn solange Untahalt geebm zu machn, biss dea Kriech widda anfangn tut. De Brüüda waan abba haatheazich un sachtn zu ihn:
„Kea, wat sollnwa mit dich? Wia könn dich hia nich brauchn tun, kuck datte Land gewinnz un seh zu, wieje dich übba Wassa hälz."

Hömma, dea Soldaat hatte nix übrich aussa seine olle Flinte, se nahma auffm Buckl un wollte inne vadammte Welt ziehn. Er kam anna grooßn Heide voabei, auf dea nix am sehn wa, alzn Rink aus Bäumkes: darunta fleetzte er sich bedröppelt nieda un sann übba sein Schicksal nach.
„Kea, kea, ich happ keine Kohle auf Tasche," dachta sich, „ich happ nix geleant alz dat olle Kriechshandweak un getz, weil Friede geschlossn is, da tunse mich nich mehr brauchn tun; ich seh et schonn komm, ich muss kwaalvoll vaschmachtn."

Hömma, da höaate er aufeima nen Brausn inne Ooan un wieja sich umkuckte, stand nen unbekannta Keal neehm ihn, dea nen grüün Rock truuch, recht stattlich aussah, abba nen gaastign Flunkn vom Gaul hatte.

25

„Ey hömma, ich weiß schonn wat dich fehln tut," sachte dea fremde Keal, „hömma, Moneetn un Guut sollze haabm, so viel, wieje mit alla Gewalt vaprassn kannz, abba ich muss zuvoa von dia wissn tun, oppe dich nich füachtn tuhs, damit ich dich de Penunsn nich umsonz geehm tu, weisse."

„Kea, ich un Schiss inne Buxe," antwoatete er, „wat glaupse denn, dat ich mitte Doose gepuudat bin!? Ich bin nen ächta Soldaat, da kennze kein Muffmsausn, da kannze abba ein drauf lassn hömma! Du kannz mich ja ma auffe Proobe stelln, wennze willz."

„Ja nee, is klaa," antwoatete dea Keal, „dann kumma wacka hinta dich."

Illustration: **Otto Ubbelohde** 1867 – 1922 (Bild-PD-alt)

Dea Soldaat drehte sich um un sah nen mächtich grooßn Bäa, dea laut brumment auf ihn zutrappzte.

„Oho," rief dea Soldaat, „dich willich den Zinkn killan, dat dich de Lust auffet Brumm vagehn tut,"
er leechte de olle Flinte an un knallte dem Bäa voll ein voam Latz. Er traaf ihn auffe Schnüss, datta zusammfiel un sich nich mehr reechte.

„Jau, ich sehe wohl, datte wat auffm Kastn hass," sachte dea Fremde, „un dat et dich an Mut nich fehln tut, abba et is noch ne Bedingunk dabei, se musse unbedinkt eafülln tun."

„Wennze dat sachs un et meine Seelichkeit nich schaadn tut," antwoatete dea Soldaat, dea wohl meakte, weena voa sich am stehn hatte, „sonnz lassich mich ja auf nix ein, weisse."

Hömma, dat wiasse selpz sehn," antwoatete dea Grüünrock, „du daafs inne näästn sieem Jäahrchen dich nich waschn, nich dein Baat stutzn, de Fussln am Kopp nich kämm machn, dich de Näägls nich schneidn lassn un voa allm, kein Vaddaunsa beetn tun. Dann willich dich nen Rock un Mantl geehm, den musse inne Zeit traagn machn. Hömma, krepiease in diesn sieem Jaahn, dann bisse mein, bleipse abba am leehm, so bisse füa imma frei un biss reich wien Krösus, biss dein Leeeptach, vastehsse."

Kea, wat machte dea Soldaat sichn Kopp, er dachte anne große Not in deera sich befant, abba da er schonn so oft den Deubl vonne Schüppe gesprungn is un den Tod entgangn wa, wollta et waagn un den Handl eingehn. Dea Deubl zooch den grüün Rock aus, reichte ihn dem Soldaatn hin un sachte noch zu ihm:

27

„Hömma, wenne den Rock am Leibe hass un du inne Tasche greifs, so wiasse imma de Flosse volla Moneetn haabm."

Dann zoocha den Bäan dat Fell übba de Ooan un sachte:
„Kumma, dat soll dein Mantl un au deine Poofe sein, denn darauf musse penn tun un daafs keine andre Fuazmolle benutzn machn. Un diesa Tracht weegn, sollze ap getz Bäanhäuta heißn, weisse."

Hiarauf vapisste sich dea Deubl un waad nich mehr am sehn. Dea Soldaat ströppte sich den Rock übba, griff gleich inne Täsch un hatte de Poote volla Penunsn. Dann hinga sich dat Bäanfell übba de Schultan un laatschte inne weite Welt, wa töfta Dinge un untaließ nix, wat ihn wohl dea Kohle, noch ihm wehe tat, weisse.

Im eastn Jaah ginget noch leidlich, abba im zweitn saahra schonn aus wie son Ungeheuja. Hömma, de Hääachen bedecktn ihn schonn de ganze Visage, sein Baat glich nen groobm Filztüüchsken, seine Griffl hattn Kralln un seine Fratze wa so mit Schmuddl bedeckt, dat, alz wenna einige Schichtn hintananda inne Gruube geschuftet hätte, so schwatt waara. Wea ihn sah, feckelte wacka wech, weila abba allaoatz gut bekannt wa, den aam Menschn Moneetn zuschustate, damitse füa ihn beetn machtn, datta ja de sieem Jäahchen nich apkratzn wüade un imma gut lackte, wenna zechte, so eahielta au imma ne Heabeage zum übbanachtn.

Hömma, im vieaatn Jaah kama in sonne olle Kaschemme, da kanntn se ihn nich un der olle Wiat wolte ihn nich aufnehm machn un wollte ihn nichma nen Platz im Stall anbietn tun, weila Muffe hatte, seine Gäule wüadn scheu weadn.

28

Doch alz dea Bäanhäuta inne Täsch griff unne Pranke volla Moneetn rausholte, so ließ dea Wiiat sich eaweichn un gaap ihn nen Kabüffken im Hintagebäude, vastehsse!? Hömma, alza sein Kabüffken hatte, musste dea Bäanhäuta abba vasprechn tun, sich nich blickn zu lassn, damit de olle Kaschämme kein misserablen Ruf bekäme, weisse. Alza dann so aahms allein in sein Zimma saaß un von Heazn wünschte, dat entzlich de siem Jäahrchen rum wään, so höate er in Neehmzimma nen lautet Jamman un Lammentiean.

Hömma, da er nen mitleidiget Heaz hatte, öffnete er de Tüare un eablickte nen oll aam Mann, dea heftich pläarrte un de Pootn übban Kopp zusammschluuch. Dea Bäanhäuta traat näha an ihn hearan, abba dea oll Keal sprank auf un wollte sich vapissn. Entzlich, alza ne menschliche Stimme vanahm, ließa sich beweegn un duach frointlichet Zureedn brachte et dea Bäanhäuta dahin, dat sich dea oll Seega offmbaate un de Uasache seinet Kummas auskwatschte. Er sachte ihm, dat sein ganzet Vamöögn nach un nach vaschwundn sei, er un seine Schicksn müsstn knausan un er sei sonne aame Socke, datta nich eima den Wiiat dat Kabüffken lackn könnte un er im Knast wandan sollte.

„Kea, wennz weita nix is un ihr keine andren Soagn happt," spraach dea Bäanhäuta, „hömma, Moneetn habbich genuch, daran sollz nich liegn."

Er ließ den Wiiat antanzn un machte ihn zua Schnegge, zahlte de Zeche von altn Mann un steckte ihn nochn Säckchen volla Gold inne Täsch. Alz sich dea alte Mann aus seine Soagn ealößt sah, wussta nich, womitta den Bäanhäuta Dankbaakeit beweisn sollte, er übbaleechte un sachte dann:

„Komma bei mich bei un komm mit, meine Schicksn sin nen Wunda von Schönheit, wähl dich eine davon zua Olschn.

Hömma, wennse höan, watte füa unz getan hass, so weanse sich nich weigan, ne töfte Else füa dich zu sein. Du siehs eahrlich nen bissken döösich aus, abba se wean dich schonn widda in Oatnunk bringn tun."

Kea, dem Bäanhäuta gefiel dea Gedanke recht gut un ging mittn olln Seega mit. Alz ihn de älste vonne Schicksn eablickte, hatte se dochn bissken Muffmsausn un wa gewalich von sein Antlitz entsetzt, datse laut keifte un foatlief. De zweite bliep zwaa an Oat un Stelle am stehn un bekuckte ihn von Kopp bis zuare Maukn, abba dann sachte se:
„Kea Vatta, wie kannich nen Keal zum Olln nehm, dea keine menschliche Gestalt meha an sich hat? Da tut mich dea rasieata Bäa abba bessa gefalln tun, dea hia ma zu sehn wa un sich alzn Menschn ausgaap, dea hatte doch´n Husaanpelz un weiße Handschn an. Hömma, wenna nua häßlich wäare, dann könnt ich mich an ihn gewöhn tun, abba dat geht gaanich, weisse."

Dann kam de jünkste vonne Schicksn un se spraach:
„Hömma mein lieba Vadda, dat muss abba nen guuta Seega sein, deene da mitgebracht hass, dea unz ausse mächtige Not geholfm hat, happta ihn dafüa ne Braut vasprochn, so muss dat Woat au gehaltn weadn. Ich bin bereit dein Woat zu eafülln."

Et wa ja Schade hömma, dat de Fratze vonnem Bäanhäuta volla Schmuddl un Haan bedeckt wa, sonz hätte man sehn könn, wie ihm dat Heazken im Leibe lachte, alza de Woate dea jünkstn höaate. Er nahm den Ring von seinem Griffl, braach ihn entzwei un gaap se de eine Hälfte un de andre behielta füa sich. Hömma, in ihra Hälfte abba schriepa sein Naam un inne andre Hälfte schriepa ihan Naam, baatse iha Stücksken gut aufzeheebm, dann nahma Apschiet un spraach:

„Hömma mein Liepchen, ich muss no drei Jäahrchen wandan, kommich abba nich widda zurück, so bisse frei, weilich dann Tod bin un untam Toaf lieech. Tu abba bitte Gott bittn machn, datta mich dat Leehm eahält."

De aame Braut kleidete sich inne Zeit ganz in schwatt un wennse an ihan Bräutigam dachte hömma, so kamen iha de Tränkes inne Klüüsn un se kullatn langsam übba ihare Wangn.
Von ihan Schwestan waad ihr nix aussa Spott un Hohn zu teil, weisse.
„Kea, nimm dich in acht," spraach de älste, „wenne ihm de Poote reichs, so schlächta dich mitte Tatze drauf."

„Hömma, hüüte dich," sachte de zweite, „de Bään lieem de Schnuckearein un wenne ihm gefalln tuhs, so frissta dich auf."

„Kea, du muss imma sein Willn tun," kröppte sich de älste widda auf, „sonz fänkta am Brumm an."

Un de zweite lamentieate weita un sachte:
„Abba de Hochzeit wiad lollich sein, ich beömml mich getz schonn, denn de Bään könn ja töfte Schwoofm."

De Braut schwiech still un ließ sich nich kirre machn. Dea Bäanhäuta abba zooch inne Zeit ume Weltgeschichte umhea un aahnte nich von dem dusslign Gelaaba dea andren Schicksn un tat imma Gutet, wo er au nua konnte, weisse. Er gaap den Aamen reichlich wat auffe Kralle, damitse füa ihn beetn machen un damitta am leebm bleipt. Entzlich, alz de letztn Taage vonne siem Jäahrchen anbraachn, ginga widda hinaus auffe Heide, da woha den Deubl getroffm hatte un setzte sich unta einz vonne Bäumkes, die so im Rink standn, weisse.

31

Nich lange, so sauste dea Wind un dea Deubl easchiebn ihn, er glotzte ihn vadrisslich an; dann schmissa ihn seine olln Plörren widda hin un wollte sein grüün Rock zurück.

Da spraach dea Bäanhäuta:

„Ey hömma, so weit simma nonnich! East musse mich reinign machn."

Hömma, de Deubl mochte et wolln oda nich, er musst Wassa ranholn, den Bäanhäuta waschn tun, ihm de Hääachen auffm Deetz kämm un de Kralln anne Maukn un Griffl schneidn machn. Kea hömma, hiarauf sah dea oll Bäanhäuta widda wien tapfra Kriechsmann aus un waad viel schöna anzesehn alz voahea, weisse. Alz dea Deubl brääsich apzooch, wa et dem Bäanhäuta richtich leicht umz Heazken un ging inne Stadt. Alza nun inne Stadt kam, ginga sich nen töftn Samtrock kaufm machn, ströppte ihn übba un setzte sich innen Waagn mit viea Schimml davoa bespannt un fuha na Hause zu seina Braut. Keine Sau eakannte ihn, dea Vatta vonne Braut hielt ihn füan voanehm Feldoobast un füahrte ihn inne Stuube, wo seine Schicksn saaßn. Er musste sich zwischn de beidn älstn setzn machn: se kipptn ihn den guutn Fuusl ein, leechtn ihn de bestn Fressalien voa un meintn, se hättn nonnie son schöön Seega auffe ganze Welt gesehn.

Hömma, de aame Braut abba saaß ihn, in ihan schwattn Plörren genau geegnübba, se schluuch ihare Klüüsn nich offm un sachte aunich ein Woat, weisse. Alza entzlich Butta beie Fischkes tat un den Vatta fraachte, oppa ihn eine von seinen Schicksn alz Olle geehm wollte, so hüpptn de beidn älstn sofoat auf, wetztn in ihan Kabüffskes un wolltn sich de bestn un schöönstn Fumml anströppm, denn eine jeede bildete sich ja ein, se wäare de Auseawählte, weisse.

Dea fremde Seega abba, alza mit seina Braut alleine am Tischken saaß, holte den halbm Ring heavoa un waaf in innem Becha mit Wein, deena iha übban Tischken reichte. Se naahm ihn an, abba alzse gesüpplt hatte un den halbm Ring auffm Grunde det Bechakes sah, so schluuch iha dat Heazken in Galopp. Se holte de andre Hälfte, diese annem Bändken zwischn ihara Tittelatua truuch heavoa, hielt se anne andre dranne un et zeichte sich, datse beide vollkomm zusamm passtn. Da spraach dea Seega zu seina Braut:
„Hömma siehsse, ich bin dein valoopta Bräutigam, deene dammalz alz Bäänhäuta gesehn hattes, abba duach Gottes Gnaade habbich meine menschliche Gestalt widda eahaltn un bin widda rein un sauba gewoadn. Nun binnich zurück un will dich, wennze mich noch willz, alz mein Weip annehm.“

Da ginga aufse zu, umaamte se un gaap iha nen fettn Knuutscha auffe Schnüss. In dem Moment kamen de beidn älstn Schicksn mit ihan bestn Fummls un voll rausgeputzt zurück un saahn, dat dea schööne Seega dea jünkztn zu teil gewoadn wa un höaatn, datta dea Bäänhäuta wa.
Da wetztn se volla Zoan un brassich hinaus; de eine easäufte sich inne Ruhr un de andre eahänkte sich an son ollet Schachtgerüst, wat da iangswo in Wittn am stehn wa.

Am aahmt kloppte et anne Tüare, alz dea Bräutigam se offm machte, wa dea Deubl im grüün Rock da am stehn un spraach:
„Hömma siehsse! Getz habbich sogaa zwei aame Seeln füa deine eine un dat findich töfte, weisse.“ drehte sich um un waad nimmameha gesehn.

*** ENDE ***

Dat Eeslken

Iangswo im Ruhrpott leepte ma nen Könich un ne Könjin. Hömma, se waan sowatt von reich un hattn allet watte dich nua denkn kannz, nua kleine Blaagn, die hattn se nich. Kea, darübba klaachte de Könjin Tach un Nacht un sachte zu ihrn Olln, dem Könich:
„Ach kea Männe, ich bin wie son olla Acka, auf dem nix am wacksn tut."

Abba irngswann entzlich eafüllte Gott ihare Wünsche; alz dat Blaach zua Welt kam, sah et nich wien Menschnkind aus, sondan et wa nen junget Eeslken, weisse. Hömma, wie de Mudda dat eablickte, fing se am jamman un lammentiean, se hätte lieba gaa kein Blaach gehappt, alz son Eeslken un dat Gezäähta ging weita un wa so mächtich, dat man et im ganzm Pott vanahm; denn se se keifte imma widda, dat man et inne Ruhr weafm solle, damit de Fischkes et veaspachteltn tun. Daraufhin spraach der Könich:
„Kea nee, dat kannze dich vonne Backe putzn, wat unz Gott gegeehm hat, soll au mein Söhnken un Eabe sein tun. Nach meinem Tode solla auffm könichlichn Throne sitzn un de könichliche Krone traagn, weisse."

Also waad dat mickrige Eeslken aufgezoogn, nahm mächtich zu un seine Öaakes wucksn ihm au fein hoch hinauf. Et wa sonz au von frööhlicha Aat, hüppte hearum, spielte un hatte besondas viel Spässken anne Mukke, sodattet zu nen berühmtn Spielmann ging un zu ihm spraach:
„Hömma Walla, tu mich ma de Kunzt leaan, dat ich de Laute au so töfte wie du schlaagn kann."

„Ach nee, liebet Heerlein," antwoate Walla vonne Vögelkeweide, „dat wiad Euch abba zimmlich schwea falln tun, Eure Griffl sin dazu alladikz nich gemacht un au gaa zu mächtich, weisse; ich happ Soagn, dat et de Saitn vonne Laute, nich aushaltn tun, vastehsse!?"

Hömma, et half einfach keine Ausreede, dat Eeslke wollte un musste de Laute schlaagn, komme wat will. Et wa ganz behaalich un fleissich, leante kräftich un wacka dat Inztrument un wa am Ende so gut alz sein Meista selba, weisse. Eima ging dat junge Herrlein nachdenksam spaziean un kam annen Brunn, da glotzte et hinein un sah im spiegeltn Wassa sein Eehmtbild in Eeslkengestalt. Kea, darübba wa et so betrüüpt un bedröpplt, dat et voa Frust inne weite Welt zooch un nua nen treun Geselln mitnahm. Se zoogn eastma im Ruhrpott auf un ap un gelanktn irngswann in nem Reich, wo nochn olla Könich hearschte, dea ne einzige, abba nen schieket Töchtaken hatte.
Da sachte dat Eeslke zu seinem Geselln:
„Kumma, hia wolln wa weiln, kloppte anz Toa un rief: Hömma da drinne, et issn Gast aussn am Toa, mamma offm, damitta einkeahrn kann."

Alz ihm abba nich aufgetan waad,, pfleetze er sich voam Töaken hin, nahm seine Laute inne Huufe un schluuch mit beidn Voadahuufm aufs lieplichte ein. Da machte dea Torhüüta offm, glotze gewalichch mit seine Klüüsn dat Eeslke an, lief wacka zum Könich un spraach:
„Herr Könich, Herr Könich, da draussn sitzt nen junget Eeslken voam Toa, dat tut de Laute schlaagn un dat macht et so töfte hömma, alz wäar et dea Meista selpz."

„Ja kea, so laßt den Musikantn reinkomm," sachte dea Könich.

Wie abba dat Eeslke im Schloßhof eintraat hömma, da fing allet an sich übba den Lautnschlääga zu beömmln. Nun sollte dat Eeslken, untn zu de Knechte gesetzt un gefuttat weadn, et wa abba störrisch un spraach:
„Hömma, ich bin kein noamalet un gemeinet Stalleeslken, ich bin nen voanehmet, weisse."

Da sachtn se:
„Ja hömma, wennet so is, dann setz dich zum Kriechsvolk."

„Nee," sachte et, „ich will beim Könich sitztn tun."

Dea Könich beömmelte sich dadrauf un spraach:
„Hömma, so soll et sein tun, dein Mut soll belohnt weadn. Eeslke komma bei mich bei un pfleetz dich hia hin." Dann fraachte er: Hömma Eeslken, wie tut dich mein Töchtaken gefalln?"

Dat Eeslke drehte den Deetz nachse um, glotzte se an, nickte un spraach:
„Ja kea, übba alle Maaßn ächt töfte hömma, se is ächt ne schnieke, sonne schicke Schickse habbich mein Leeptach nich gesehn, weisse."

„Nun," sachte dea Könich, „dann tu dich ma zu se anne Seite setzn."
„Töfte hömma, dat is mich nua liep un recht," antwoatete dat Eeselken.

Et pfleetzte sich also neehm de Könichstochta, se spachteln un süppeltn zusamm un wusste sich fein un säubalich zu betraagn.

Alz dat eedle Eeslke ne gute Zeit am Hoofe det Könichs vabracht hatte, dachte et:

„Kea nee, wat hilft mich dat allet hia, du muss widda heim."

Wa sehr bedröppelt, ließ sein Kopp am hängn, traat voam Könich un valankte sein Apschied. Dea Könich hatte dat Eeslken abba so liep gewonn un wollte dat et dableim tut un sachte zu ihm:
„Ach kea, mein Eeslken. Wat issn mit dich? Du glotzt ausse Klüüsn wien Essichkruuch, bleip doch bei mich, ich will dich geebm tun, watte willz. Hömma willz Gold?"

„Nee, Gold willich nich," sachte dat Eeslke un schüttelte mittn Kopp.
„Hömma, willze eedle Kostbaakeitn un Schnuck?" fruuch der Könich.
„Nee, dat willich au nich," antwoatete dat Eeslke.
„Ja hömma, villeicht willze ja mein halbet Reich."
„Nee, nee," spraach dat Eeslken, „dat willich aunich."
„Kea, wennich nua wüsste, wat dich vagnüügn machn könnte," spraach dea Könich, „oda willze etwa mein Töchtaken zua Olschn haabm?"
„Ach jaa, dat wär töfte hömma," spraach dat Eeslke, „kea, se hätt ich ja so gean zua Alschn."

Auf eima waat et widda ganz vagnüücht un lollich drauf, denn dat wa et gerade, watta sich so gean gewünscht hatte. Also waad nach kuaza Zeit ne mächtige un prächtige Hochzeit gehaltn, weisse. Aahms, wie de Braut un dea Bräutigam inne Pennbude gefüaht wuadn, da wollte dea Könich wissn, op sich dat Eeslke aatich un maniealich betrüüge un hieß den Diena an,

37

sich darinne zu vasteckn. Wiese nun beide drinne waan, schoop dea Bräutigam den Riegl voare Tüa, glotze sich um, un wieja glaupte, datse ganz allein wäarn, da waafa auf eima seine Eeslpelle ap un stant nachkich als könichlicha Jünglink voa de Prenzessin un sachte:

„Hömma, da kucksse wa! Da siehsse ma, datich deina wüadich bin."

Kea, wat wa de Braut froh, knuutschte un liepkoste den Bräutigam un hatte ihn von Heazken voll liep. Alz abba der Moagn graute un der Lorenz sich hinta de Haldn eahoop, hüppte er widda wacka in seine Eeslspelle. Et hätte kein Mensch au jeemalz dranne gedacht, wat füan Seega dahintasteckn wüade. Alzbald kam au dea Könich daheagelaatscht un rief:

„Ei kumma eina an, dat Eeslken is schonn frisch un munta! Ker, du biss wohl recht bedröpplt," sachta zu sein Töchtaken, „datte kein oantlichn Menschn zum Olln bekomm hass, woll?"

„Ach nee, lieba Vadda, ich habbin soo liep, alz wenna dea schöste Seega auffe Welt wäar un will ihn mein Leeptach behaltn, weisse."

Dea Könich wundate sich un traute den Braatn nich, abba dea Diena, dea sich beim Brautpaar im Kabüffken vasteckt hatte, kam zum Könich un sachte ihm allet, watta mit seine Klüüsn geseehn hatte. De Könich spraach:

„Kea nee, dat kannich wahr sein tun, dat gibbet do gaanich!"

„Dann wacht do selpz inne folgende Nacht, iha weadet et mit euren eignen Glubschan schonn sehn tun," antwoatete dea Diena un wissta wat Herr Könich, nimmt ihn do einfach de

Pelle wech un weaftse inz Feuja, so mussa sich in seina rechtn Gestalt zeign tun."

„Hömma, dein Raat is gut," spraach der Könich.

Am aahmt, alz de beidn penntn, schlicha sich hinein un wieja zua Poofe kam, saahra im Mondschein dat ein stolza Jünglink inne Fuazmolle ruhte un de Eeslpelle auffm Boodn laach. Da nahma se mit sich un ließ se draussn innem mächtign Feuja schmeißn machn, er bliep dabei am stehn, bisse restlos zu Asche vabrannt wa. Weila abba au sehn wollte, wie sich dea Beraupte anstelln wüade, bliepa de ganze Nacht übba wach un lauschte. Alz dea Jünglink ausgepennt hatte un beim eastn Moagnschein aufstand un seine Pelle übbaströppm wollte, wa se wech un nich mehr am findn. Da easchraaka mächtich un spraach bedröpplt volla Traua:
„Kea, nun mussich abba ma wacka sehn, dat ich Land gewinn."

Illustration: **Otto Ubbelohde** 1867 – 1922 (Bild-PD-alt)

Wieja abba hinaustraat, stand schonn dea Könich parat un spraach zu ihm:

„Hömma mein Bengl, wohin willze so eilich, wat hasse denn im Sinn?" Kea bleip hia, du biss doch´n töftn Seega. Ich will dich weita bei mich haabm. Ich tu dich getz mein halbet Reich geebm machn un nach meinem Tode, kisset ganz, vastehsse."

„Ja nee, so wünsch ich, dat dea guute Anfank au n´ guutet Ende nehm tut," spraach dea Jünglink, „ich tu dann ma bei Euch bleim, ich happ ja ne tolle Olle zua Alschn un will nich, datse mich vamissn tut."

Hömma, dann gaap ihm dea oll Könich dat halbe Reich un alza nachm Jäahchen apnippelte, hatte er dat ganze. Un nachm Tode seinet Vaddas un Mudda, nochn zweitet dazu un er leepte mit seina Liepztn in alla Herrlichkeit …

* * ENDE * * *

40

Liep un Leid teiln machn

Hömma, et wa eima in sehr, sehr frühn Jäahchen in Castrop-Rauxl, nen Schneida. Kea, wat wa dattn brääsiga Seega un dem seine Olle, wa ne ächt töfte, se wa fleißich un recht fromm, abba se konnte et ihm nich recht machn weisse. Watse au machte hömma, er wa imma unzefriedn un pampich drauf. Er brammelte, keifte rum, raufte un schallate ihr oft eine. Alz de Oobrichkeit davon Wind bekam un dat höaate, ließ se ihn antanzn un in innem Knast steckn, damitta sich bessan sollte. Er saaß ne Zeitlang bei Kranebeaga un Knifte im Back, bissa widda auf freie Flunkn kam, er musste abba geloobm, datta seine Olsche keine mehr schallan wüade, sondan friedlich mitse zu leehm, Liep un Leid teiln zu machn, wie et sich unta nen Ehepäaken gebüat weisse.

Hömma, ne Zeilang ging dat recht gut, abba dann ging et inne Buxe un er vaviel widda in seina olln Aat un Weise, wa mürrisch, brääsich un zänkisch drauf. Un weila se nich kloppm duafte, da packte er se beie Zottln hömma un wollte mitse raufm machn. De Alsche entwischte ihm un rannte innem Hoof raus, er wetzte abba mitte Elle un Scheere hinta se hea, jaachte se hearum un waaf de Elle un Scheere nach se un watta sonz noch so inne Griffl hielt. Hömma, wenna se mit iangswat traaf, beömmelte er sich un wenna se vafehlte, so toopte un keifte er wild hearum. Kea, er triep et so lange, biss de Nachbaan se zua Hilfe kamen. Dea olle Schneida waad widda de Oobrichkeit übbastellt un an sein Vasprechn eainnant.

„Kea, meine lieem Herrn," antwoatete er, „ich happ doch gehaltn, wat ich geloopt un vasprochn happ, ich hapse keine geschallat, sondan ich happ Liep un Leip mit se geteilt."

„Ja hömma, wie kannet denn sein tun, datse Euch abbamalz ne mächtige Klaage voam Kopp voawiaft?" spraach dea Richta.

Illustration: **Otto Ubbelohde** 1867 – 1922 (Bild-PD-alt)

„Lieba Herr Richta," sachte dat Schneidaken, „ich hapse keine geschallat, nonimma ne Lasche hatse gekricht, weisse. Dat is allet nua passieat, weilse so wundalich auffm Kopp aussah, ich wollte se nua mitte Griffl de Zottln richtn: da isse mich abba entwischt un hat sich vapisst un mich bööslich sitzngelassn. Da binnich se wacka nachgewetzt un happ, damit se ihae Eheliche Pflicht machn tut un zurückkeahre, so alz ne guutgemeinte Eainnarung weisse, wat nachgeschmissn, wat ich graade so inne Poote hatte. Kea, ich happ au Liep un Leid mitse teiln gemacht, so oft habbich se ja nich getroffm. Denn wennich ich se getroffm happ, isset mich liep geweesn un iha leid: habbich se abba vafehlt, so isset iha liep geweesn un mein leid, vastehsse!?"

Hömma, de Richtas waan mitte Antwoat nich zufrieedn gewesn un ließn ihn dafüa sein Lohn auszahln un er ging widda innen Bunka.

*** ENDE ***

Dat Hiatnbüübken

Et wa eima nen Hiatnbüübken, dat weegn seine waisn un töftn Antwoatn, diejet auf all de Fraagn gaap, weit un breit im Kohlpott bekannt wa.

Illustration: **Otto Ubbelohde** 1867 – 1922 (Bild-PD-alt)

Dea Könich von Castrop-Rauxl höaate au davon, glaupte et nich un ließ dat Büübken antreetn machn un spraach zu dem: „Hömma, kannze mich auf drei Fraagn, die ich dich so aussm lameng stelln tu ne Antwoat geebm machn, so willich dich wie mein eignen Bengl ansehn un sollz im könichlichn Schlössken wohn tun, vastehsse!?"

„Ja dann lass ma de Fraagn höaan," antwoatete dat Büübken.

„Ja weisse," sachte dea Könich, „De easte lautet: Wieviel Troppm Wassa sin im Weltmeer?"

43

„Herr Könich, lass ma alle Flüsskes auffe Eade vastoppm, damit kein Troppm mehr inz Meer rausrinnt, datich se nich east alle gezählt haabe, so willich Euch de Antwoat saagn tun," antwoatete dat Hiatnbüübken.

„De zweite Fraage lautet," sachte dea Könich, „Weisse wieviel Steankes am Himmlke am stehn sin?"

„Hömma Herr Könich," sachte dat Büübken, „gippt mich ma nen Boogn weißet Papiea," dann machte er mitta Feeda so viele feine Pünktkes drauf, datse kaum am sehn un fast gaanich zu zähln waan un einem so richtich Kolone im Kopp wuade, wenn man dat Papier mitte Klüüsn betrachtete un spraach:
„Kumma hia, so viele Steankes tun am Himmelke stehn tun, alz hia auffm Papiea, tut se ma ruhich alle zähln machn."
„De dritte Fraage lautet," spraach dea Könich, „Wieviel Sekündkes hat de Eewichkeit?"

„Hömma, in Wanne-Eickl liecht'n Beach, dea hat nen Stündken inne Höhe, nen Stündken inne Breit un nen Stündken inne Tiefe; dahin fliecht alle hunnat Jäähchen n´ Vögelken un wetzt sein Schnääblken am oobastn Stein dranne un wenn dea ganze Beach apgewetzt is, kea hömma, dann is east ein Sekündken vonne Eewichkeit voabei, weisse," antwoatete dat Büübken.

Da spraach der Könich zu ihm:
„Hömma mein Bengl, du hass alle drei Fraagn wie nen Waisa richtich aufgelööst un nun sollze foatan bei mich im könichlichn Schlössken wohn tun un ich will dich wie mein eignen Bengl ansehn machn."

* * ENDE * * *

Dat Meerhäsken

Hömma, et wa eima ne Könichstochta, se hatte innem Schlössken hoch oohm im Tuam, unta de Zinne nen Saal mit zwölf Fenstakes, se gingn nach allen Himmlsgeegendn un wense ma raufstieech un umheaglotzte, so konntse dat ganze Reich im Kohlnpott bekuckn, weisse. Aussm eastn sah se schäafa, aussm zweitn no bessa un aussm drittn noch deutlicha un imma so weita, biss hin zum zwölftn, wo se allet so sah, wat übba un unta de Eade im Ruhrpott Ambach wa un nix bliep se vaboagn, vastehsse!? Weilse abba mächtich stolz auf sich wa, wüade se sich nich untaweafm tun un de Herrschaft füa imma allein behaltn wolln.

Illustration: **Otto Ubbelohde** 1867 – 1922 (Bild-PD-alt)

So ließse im ganzm Ruhrpott bekannt machn, et sollte sich kein Seega bei se meldn tun, dea sich nich so gut voase vasteckn könnte, datet iha unmööchlich wäare ihn findn zu machn, wea et abba vasuuchn wollte unse entdecke den Keal, so wüad ihm dea Deetz apgehaun un auffm Pölla gesteckt.

45

Hömma, et standn schonn sieemneunzich Pfähle mit tootn Köppm voam Schlössken un ne lange Zeit meldete sich keine Sau meha. De Könichstochta wa darübba total vagnüücht un lollich drauf un dachte sich:
„Töfte, ich wead mein Leeptach frei unne Junkfrau bleibm."

Da easchienen eintet Tachs drei Brüüda voa iha un kündigtn iha an, datse ma ihr Glück vasuuchn wolltn. Dea älste glaupte sicha zu sein, wenna sich innem dunklen Schacht vakrieche, abba se eablickte den Keal schonn aussm eastn Fenstaken, ließ ihn rausziehn un nen Kopp küaza machn, weisse. Dea zweite vonne Brüüda kroch innem Kella det Schlösskes, abba au dem eablicktese aussm eastn Fenstaken un et wa um ihn gescheehn, sein Kopp kam auffm neunneunzichstn Pfaahl. Hömma, da traat dea jüngzte voase hin un baat, se möcht ihm nochn Tach Bedenkzeit geehm un auso gnäädich sein, ihm dat Leehm zweima schenkn zu machn, wennse ihn entdeckn tun wüade; misslänge et ihm abba beim drittnma, so wollte er sich nix meha aus sein Leehm machn unse könnte ihm de Rüübe apschlaagn lassn. Weil dea junge Seega abba so töfte un schnieke aussah un so heazlich um sein Leehm baat, sachte se:
„Ja kea, da willich ma ne Klüüse zudrückn tun un et dich bewillign. Abba weisse wat? Et wiad dich nich glückn machn."

Am folgenden Tach sann er mächtich lange nach, wieja sich vasteckn könne, abba et wa einfach vageeblich, weisse. Da eafriffa seine Knarre un ging hinhaus auffe Jacht: Er sah nen Raabm un nahm ihn aufs Koan; ebent wollta apdrückn, da schrie dea Raabe:
„Kea nee, tu mich nich totschießn machn. Hömma tu nich schießn, ich willz dia vageltn machn!"

46

Er setzte de Flinte ap, laatschte weita un kam annem See, worinna n´ mächtiget Fischken übbaraschte, dea ausse Tiefe hearauf anne Oobafläche det Wassas gekomm wa.

Alza widda angeleecht hatte, rief dat mächich große Fischken:

„Kea hömma, schieß mich nich tot, ich willz dia au vageltn tun!"

Er ließ ihn widda aptauchn un laatschte weita, da begeechneta nen Fuckz, dea nen vakröpptn Flunkn hatte un humpelte. Er leechte de Knarre an un schoß, vafehlte ihm abba un der Fuckz rief:

„Kea, wat soll dat geballa? Hömma, komma lieba bei mich bei un zieh mich den Doan aussn Flunkn."

Er ging zwaa zum Fuckz hin un machte et, abba danach wollta ihn wacka apknalln un ihn dat Fell übba de Ooan ziehn. Da spraach dea Fuckz:

„Hömma, lass ma ap, ich willz dia au vageltn tun!"

Da ließ dea Jünglink ihm laufm un da et Aahmt wa un dea Lorenz übba de Halde schonn untaging, so ginga heim. Am andren Tach sollta sich widda vakriechn, um sich vasteckn zu machn, abba wieja sich au den Kopp drübba zeamatate, er wusste einfach nich wohin. Er laatschte innen Wald zurem Raabm un spraach:

„Hömma mein gefiedata Froind, ich happ dich am leebm gelassn, getz samma, wohin ich mich veakrüümeln kann, damit mich de Könichstochta nich findn machn tut?"

Dea Raabe senkte sein Kopp un bedachte sich ne zeitlang. Entzlich sachta:

„Ker weisse wat, ich happz hearaus!"

Er holte nen Ei aussm Nest, zealeechte et in zwei Teilkes un schloss den Jünglink drinnen ein; dann machte er et widda ganz un hockte sich drauf. Alz de Könichstochta anz easte Fenstaken traat, konnte se ihn zum vareckn nich entdeckn tun, aunich inne folgende Fenstakes un et fing ihr an bange zu weadn, doch im elftn eablickte se ihn. Se ließ den Raabm apknalln, dat Ei aussm Nest holn tun un zeabrechn machn. Dea Jünglink musste hearaus komm un sich anhöan, wat de Könichstochta sachte un se spraach:

„Hömma mein Büaschken, eima isset dich geschenkt woll, abba wennzet nich bessa machn tuhs, so bisse beim näästn ma valoan, weisse!"

Am folgendn Tach ginga annem See, rief dat Fischken heabei un sachte:
„Hömma mein schuppiga Froind, ich happ dich am leebm gelassn, getz samma, wohin ich mich veakrüümeln kann, damit mich de Könichstochta mich nich findn machn tut?"

Dat mächtige Fischken besann sich ne zeitlang, bissa dann rief:
„Kea hömma, weisse wat? Ich habbet, ich tu dich einfach vaschluckn machn, da tut dich de Könichstochta nich findn tun!"

Also schluckte ihn dat Fischken runna un er tauchte hinap aufm Grund det Sees. De Könichstochta blickte widda duach ihre Fenstakes im Tuam det Schlösskes, se fant ihn nich, niagentz, aunich im elftn Fenstaken un wa ganz bestüazt, doch entzlich im zwölftn, da entdeckte se ihn. Se ließ dat mächtige Fischken fangn un töötn machn. Da kam dann dea Jünglink zum Voaschein. Un hömma, et kann sich ja bestimmt jeeda Denkn machn, wie ihm zu Muute wa. Da spraach se zu ihm:

„Hömma mein Büaschken, eima isset dich geschenkt, wennzet nich bessa machn tuhs, so bisse beim näästn ma valoan un dein Kopp wiad wohl auffm hunnatztn Pohl komm, vastehsse?!"

Hömma, am letzn Tach ginga schwean Heazkes bedröpplt aufs Feld un er begeechnete den Fuckz un spraach zu ihm:
„Kea Herr Reinecke, du kennz do bestimmt alle Schlupfwinkls hia im Reich. Hömma, ich happ dich am leehm gelassn, getz raate mich ma, wohin ich mich vakrüümln kann, damit de Könichstochta mich nich findn tut."

„Kea, dat is abba nen schwearet Stücksken Maloche, weisse," antwoatete dea Fuckz, „abba weisse wat? Ich happz hearaus!"

Der Fuckz laatschte mit ihm zu ner Qwelle, tauchte sich rein un kam alz Maaktkräma un Viehhändla widda raus. Dea Jünglink musste sich da au reintauchn machn un waad innem mickriget Meerhäsken vawandelt. Dea Kaufmann zooch also inz nääste Stadtken un zeichte alln dat aatige Tieachen. Hömma, et lief ne Menge an Volk zusamm, um et zu bekuckn. Zuletzt kam au de Könichtochta daheagetraapt un weilse nen mächtign Gefalln annem Meerhäsken hatte, kaufte et dem Kaufmann ap, dea dafüa ne Stange Kohle bekam. Bevoara et ihr abba hinreichte, sachta zu ihm:
„Hömma, pass auf! Wenn de Könichstochta anne Fenstas geht, so kriech wacka unta ihrn Zopp, so kannse dich nich findn machn."

Nun kam de Zeit, wose ihm suuchn machn sollte. Se traat im Tuam anz easte, biss hin zum elftn Fenstaken, fant ihn nich un tat ihn niangs findn zu machn. Alz se ihm am zwölftn aunich fandn tat, wase volla Ankzt un Zoan un schluuch et so gewaltich zu, dat dat Glass in alln Fenstakes, in tausende Stückskes zeasprank un dat ganze Schlössken, wie nach nea Schlachwetta Explussion eazittate, alz wär de Gruube unta Taage eingestüazt, weisse. Se ging zurück un fühlte dat Meerhäsken unta ihrm Zopp, da packte se et, waaf et auffm Boodn un rief:

„Kea vapiss dich, foat mit dich un geh mich ausse Klüüsn!"

Et wetzte wacka zum Kaufmann un beide eiltn zua Qwelle hin, um sich da reinzudöppm, um widda de alte Gestalt zu eahaltn, vastehsse!? Dea Jünglink wa glückzlich un dankte dem Fuckz un spraach:

„Kea hömma, dea Raabe un dat Fischken sin ja äch bestusst geegnübba dich, du weiss de rechtn Pfiffe un Trickz, du biss dea Hamma, weisse!"

Dea Jüngling laatschte graadezu hin zum Schlössken. De Könichstochta waatete schonn auf ihn un füüchte sich ihret Schickzals un nahm ihn zu iham Seega. De Hochzeit waad gefeijat un er wa nun Herr un Könich det ganzn Kohlpottz. Er sachte au nie, woha sich dat drittema vakrüümelt hatte un so glauptese, er habe allet in eigna Kunzt getan un hatte Achtunk voa ihm un dachte: „Kea, dea Seega hat do mehr auffm Kastn, alze selpz."

*** **ENDE** ***

50

Dea aame Müllasbengl un dat Kätzken

Hömma, iangswo im Ruhrpott leepte ma nen Mülla inna sonna olln Mühle, er hatte weeda ne Olle noch Blaagn am Staat, abba drei Müllabuaschn die bei ihm dientn un halfm, weisse. Wiese nun schon ättliche Jäahchen bei ihm am maloochn waan, sachta einet Taages zu ihnen:
„Kea, getz binnich schon so oll un will mich hintam Oofm pfleetzn; zieht inne dreckige Welt hinaus un wea von euch mich den bestn Kläppa na Hause bringn tut, dem willich de Mühle geebm tun un er soll mich biss an mein Leehmsende vapfleegn machn."

Hömma, dea dritte vonne Buaschn wa dea Kleinknecht un waad vonne andren beidn imma füa schusselich gehaltn, dem gönntn se de Mühle nich, genauso weenich, wie den Dreck untam Finganaagl, vastehse!? Abba er wollte se au nich haabm machn, weisse. Da zoogn se alle mittenanda aus, un wiese inz Doaf kamen, sachtn de zwei andren zu den schusselign Hanz:
„Hömma Hänzken, du kannz ruhich hia bleibm tun, du kriss den Leeptach eh nix auffm Pinn un schonn gaanich nen Zosssn heagebracht."

Hanz abba ging weita mit un alz et Nacht waad, kamen se anne Höhle, da hinein leechtn se sich zum pennen. De beidn Gripzköppe waatetn, biss Hanz eingeratzt wa, dann standn se auf, veapisstn sich un ließn Hänzken alleine am lieegn un meinten, et recht gemacht zu haabm, et wiad ihm ja schonn gut gehn! Wie nun Moangns dea Lorenz aufging un Hänzken eawachte, laach er inna tiefm un dunklen Höhle; er glotzte sich übbaall um un rief:
„Ach Gott, wo binnich nua! Ach kea nee, wo binnich nua!"

51

Da eahoopa sich, krabblte de Höhle rauf, laatschte innen Wald un dachte:

„Kea, getz binnich hia ganz allein un valassn! Wie sollich denn nua zu nen Zossn komm?"

Indeema sich seine Gedankens so hingaap, begeechnete ihm n´ mickriget buntet Kätzken, dat spraach ganz froindlich zu ihm: „Hömma Hanz, wohin det Weechs?"

„Ach weisse, ich weiß nich. Kannze mich nich helfm tun?"

„Hömma wat dein Begeahrn is, weissich wohl," spraach dat Kätzken, „du willz´n töftn Gaul haabm, nä. Komma mit mich mit un sei sieem Jäahchen mein treuja Knecht, so willich dich schon ein töftn Zossn geebm machn, hömma son töftn Kläppa haase dein Leeptach nonnich gesehn, weisse."

„Kea, dat is abba nen wundalichet Kätzken," dachte sich Hanz, „abba sehn willich doch, op et kein Spökzken is un allet wahr, watse so sacht."

Da nahmse Hänzken mit auf iha vawunschnet Schlössken un hatte da lauta Kätzkes am rumrenn, diese dientn; hömma, se hüpptn flink de Treppe auf un ap, waan lustich drauf un guuta Dinge. Aahms, alze sich anz Tischken setztn, musstn drei vonse Mukke machn; einz strich den Bass, dat andre de Geige, dat dritte setzte de Trompeete anne Schnüss un blies de Backn auf, so sehr se et nua konnte.

Alze alle gefuttat hattn, wuade dat Tischken wechgeschleppt un dat Kätzken sachte:

„Ey Hänzken, komma bei mich bei un schwoof mit mich ne Runde."

„Nee hömma," antwoatete Hanz, „kea, ich schwoof donnich mittn Dach-haasn, dat habbich nonnie gemacht,weisse."

„Kea, dann brinkt mich den Seega inne Poofe," sachtese zu de Kätzkes.

Da gingn se mit Hänzken un einz leuchtete im mit ner Funzl den Weech zua Schlaafkamma, einz zooch ihm de Galoschn aus, einz de Söckzkes un zuletzt, blies einz de Latüchte aus. Am andren Moagn kamense widda un halfm ihm ausse Fuazmolle: einz zooch ihm de Strümpfe an, einz band ihm de Strumpfbändkes, einz holte de Galoschn, einz wuusch un trocknete ihm mittm Schwänzken de Visaage ap. Hömma, dat gefiel dem Hänzken ächt gut weisse un er sachte:
„Kea, dat tut mich recht sanft un gut, so kannz ruhich weitagehn."

Hömma so kam et auch, weisse. Hanz musste abba au dem buntn Kätzken dien tun un alle Taage Muttaklötzkes klein hackn: dazu krichte er ne Axt von Silba un de Keile unne Sääge au aus Silba inne Flosse gedrückt; dea Mottek abba, wa nua von Kupfa, weisse. Nun taata seine Malooche un er hackte de ganzn Muttaklötzkes klein, bliep da im Hütte am wohn, hatte imma mächtich guut wat auffe Gaabl, bekam zu Süppln, abba sah niemand aussa dat bunte Kätzken un sein Gesinde, vastehsse, nä!?
Eima sachte se zu ihm:
„Hömma Hanz, gehma un tu de Wiese määhn un mach dat Grass trockn."

Se gaap ihm vom Silba ne Sense un von Gold nen Wetzstein inne Poote un sachte abba auch, datta allet widda oantlich

53

apdrückn müsse. Da ging Hanz hin un taat, wat ihm aufgetraagn wa. Nach vollbrachta Malooche truucha de Sense, den Wetzstein un dat gemachte Heu na Hause un fruuch, opse ihm nich sein Lohn geebm wollte.

„Nee, dat kannze dich vonne Backe putzn," sachte de Bunte, „du muss mich easma noch einalei machn tun. Kumma, da is Bauholz von Silba, ne Zimmaaxt, Winkleisn un wat noch so nötich is, allet von Silba, daraus bau mich easma nen kleinet Häusken."

Da maloochte Hanz auf Deibl komm raus, baute dem Kätzken dat Häusken feddich un sachte, er hätte getz allet getan un hätte noch kein Zossn. Doch et waan ihn de siem Jäahchen au wacka umgegangn, alz wäaret nen halbet, weisse. Da fraachte ihm dat Kätzken, oppa ihre Kläppa sehn wolle?

„Sicha," sachte Hanz, „ich kannet kaum eawaatn, de Gäule zu bekuckn."

Da machte se dat Häusken offm, wiese de Tüare so offm macht hömma, da stehn da zwölf Zossn. Kea, se waan ganz Stolz geweesn, se hattn gefunkelt un geblitzt, dat sein Heazken im Leibe hüppte. Nun gaab se Hanz zu futtan un zu süppln un sachte zu ihm:

„Getz kannze dich auffe Porrepiepm machn un na Hause laatschn, den Zossn gibbich dich nonnich mit, abba hömma, in drei Taagn kommich voabei un bringin rum."

Hanz machte sich also auf un se zeichte ihm den Weech zua Mühle. Kea hömma, meinze se hätte ihm neuje Fumml zum anströppm gegeehm, nee, dat tatse nich, er musste inne olln lumpign Plörrn, dieja siem Jäahchen auffe Pelle truuch na Hause un se waan ihn aunoch so kuaz gewoadn, weisse.

Wieja nun heimkam, so waan de beidn andren Müllabuaschn
au widda da; jeeda hatte nen Zossn mitgebracht, abba dea eina
wa blind wie ne Nuss un dat andre laahmte wien Fussekspiela
nachm groobm Faul, weisse un se fruugn ihn:
„Ey Hänzken, wo hassn dein Gaul?"

Illustration: **Otto Ubbelohde** 1867 – 1922 (Bild-PD-alt)

„Ja wissta, dea wiad in drei Taagn nachkomm tun!" sachte
Hanz.

Hömma, da beömmeltn se sich un sachtn drauf:
„Ja nee, is klaa Hanz, wo willze denn nen Zossn heanehm tun,
dat wiad ja schonn wat Rechtet sein, woll!"

55

Hanz ging inne Stuube, dea oll Mülla sachte abba, er solle sich nich anz Tischken pfleetzn, denn seine Klamottn wään so zearissn un zealumpt, da müsse man sich ja schääm tun, wenn eina reinkomm tut, man is hia ja nich beie Hempelz. Da gaabm se ihn etwat zu Futtan hearaus un wie se aahms pennen gingn, wolltn se ihm keine Poofe geebm un er musste mit beie Gänzkes im Stall kriechn un auffet haate Stroh ratzn machn.

Am Moagn, wieja aufwacht, sin schonn de drei Taage rum un et kommt ne Kutsche mit seckz Zossn angefahrn. Hömma, se gläntzte wie aussm Ei gepellt un wa so schöön, son Lakai saaß oohm auf un dahinta brachta noch'n siebbtn Zossn, un dea wa füa den aam Müllasbengl. Ausse Kutsche abba stiech nich dat bunte Kätzken, nee hömma, et stiech ne prächtich schnukklige Könichstochta aus un laatschte inne Mühle rein, denn de töfte Könichstochta wa dat bunte Kätzken, dem Hanz sieem Jäahchen gedient hatte, weisse. Se fruuch den Mülla, wo denn dea Müllasbengl, dea Kleinknecht wäare? Da sachta zu se:
„Ja weisse, den könn wa nich inne Mühle nehm, dea is so schmuddelich un liecht im Gänskesstall un is am ratzn dranne."

Da sachte de Könichstochta, se solln ihn wacka holn machn. Also holtn se ihn sofoat raus, er musste seine Klamottn richtn, um sich zu bedeckn. Da packte dea Lakai prächtige Plöörn aus, musste Hanz waschn un anströppm machn, un wieja feddich wa, hätte kein Könich bessa ausehn könn, weisse.
Danach valankte de Könichstochte de Kläppa zu sehn, welche de andren beidn Mahlbuaschn mitgebracht hattn, einz wa blind un dat andre laahmte. Da ließe den sibbtn Zossn, dense hita de Kutsche hattn heabringn; wie dea Mülla dat Vieh sah, spraacha, so einz wäare ihm liep un recht: son Kläppa wär ihm ja nonnie auffm Hof gekomm.

„Hömma, dat is füa den drittn Müllabuaschn," sachte de Könichstochta.

„Un getz mussa de Mühle au no haabm tun," sachte dea Mülla.

De Könichstochta abba spraach, da is dein Kläppa, un er soll de Mühle au behaltn tun; un nimmt ihan treun Hanz, setzte ihn inne Kutsche un fuah mit ihm foat.

Se fuahrn zueast annet kleine Häusken, datta mittm silbanen Gezeh gebaut hatte un mitma isset nen mächtiget Schlössken un allet darinne is aus Silba un Gold. Hömma da hatse ihn geheiratet un er wa reich, so reich hömma, wie son ächta Krösus, datta sein Leeptach genuch von alln hatte, weisse.

Hömma, un darum soll keina dumm rumkwatschn, dat eina, dea schusselich oda alban is, deshalp nie nich wat Rechtet weadn könne.

Also, weisse Bescheit, nä!?

* * ENDE * * *

Dea Dreschfleegl aussm Himmlke

Hömma, et zooch eima nen Baua mittn paar Ocksn aufs Feld zum Pflüügn aus. Alza aufm Acka ankam, da fingn den Viechan auf eima de Höana an am wacksn. Kea, se wuucksn imma weita foat un alza na Hause wollte, da waanse so mächtich groß hömma, datta mit ihnen nich mehr duachet Toa konnte, vastehsse!? Kea hömma, zum guutn Glück kam geraade nen Katzoff (Metzga) dahea, dem übbaließa se un se schlossn nen Handl ap, dat dea Baua dem Katzloff nen Maaß Rüübsaam bringn sollte, dea wollte ihm füa jedet Köancken nen brabantn Taala lackn. Kea, dat heiß ich ma guut vaschachat, dachte dea Baua! Dea Baua laatschte also wacka heim un truuch dat Maaß Rüübsaam aufm Buckl heabei; untaweechs valoara abba aussm Sack nen Köancken. Der Katzloff lackte ihn wie vahandelt wa richtich aus; abba hätte dea Baua dat Köancken nich valoan, so hätta nen brabantn Taala mehr auf Tasche gehappt, weisse.

Indessn, wieja det Weechs widda zurücklaatschte, da wa aussm Koan nen Bäumken gewacksn un dea reichte biss hooch innem Himmlken hinein. Da dachte sich dea olle Baua so neehmbei: „Jaa ne, wenn de Geleegnheit schomma da is, musse domma sehn tun, wat de Englkes da droobm am machn sin un ihnen unta de Klüüsn glotzn."

Hömma, da stiecha dat Bäumke hearauf un saah, dat de Englkes da oohm Haafa droschn un glotzte sich dat Geschehn mit an; wieja so glotzte, meakte er; dat dat Bäumke, worauffa am stehn wa, anfink am wackln, kuckte runna un saah, dat ihn son bescheuata Seega umkloppm wollte.
„Kea nee," dachta, „wennze getz runnastüazt, dat wäare nen bööset Ding, woll."

Er wusste sich abba inne Not nich bessa am helfm zu machn, alz datta de Spreu vom Haava naahm, die da haufmweise am liegn wa un daraus nen Strick dreehte; au griffa nache Hacke un nem Dreschfleegl, die da oohm im Himmlke am rumliegn waan un ließ sich damit an dat Seil runna. Hömma er kam zwaa widda auffe Eade an, abba geraade in nen tiefet, richtich tiefet Löchsken hinein. Hömma, ich sach ma, dat wa nen olla Schacht, dea inne Gruube füahte. Hömma, er hatte mächtiget Glück, datta de Hacke dabei hatte, weisse. Er hackte sich damit ne Treppe, stiech widda inne Höhe un braach den Dreschfleegl alz Waazeichn entzwei, sodat keina, abba au niemand auffe ganzn Welt, an seina Eazäählunk meha zweifln konnte, vastehsse!?

Illustration: **Otto Ubbelohde** 1867 – 1922 (Bild-PD-alt)

Hömma, ich samma so: Duach dem olln Baua entstant waahscheinlich dat Waahrzeichn füaren Beachbau, datta mit Hacke un zeabrochnen Dreschfleegl aussm Himmlke eastellte, so wuade kwasi, Schläägl & Eisn eafundn, weisse. „Glück auf"

*** ENDE ***

Dea Eisnhanz

Hömma, et wa eima nen Könich, dea hatte nen mächtign Wald bei sein Schlössken, drinne laatschte viel an Wild alla Aat hearum. Zu eina Zeit schickte dea Könich nen Jääga hinaus, dea sollte n´ Reh schießn machn, abba er kam nich widda.

„Kea nee," muckte dea Könich auf, „villeicht is ihm nen Schlamassl passieat" un schickte den fogendn Tach zwei weitre Jäägasleutz hinaus, datse ihn aufsuuchn machn solltn, abba de beidn Seegas bliebm au wech. Da ließa am drittn Tach alle seine Jäägas antreetn machn un sachte wat Ambach is:
„Kea hömma, streift ma allesamz duachn ganzn Wald un laßt nich ap, bissa se alle dreie widdagefundn happt."

Abba au von diesn kam kein Sack widda heim un vonne Meute Köta´s, diese mitgenomm hattn, ließ sich au keine Tööle mehr sehn, weisse. Von dea Zeit an, wollte sich keina mehr innen Wald waagn un so laacha in tiefa Stille, ganz stikkum un in Einsamkeit un man sah nua zuweiln nen Aadla oda Haabicht drübba am flattan. Et dauate einige Jäähchen, da meldete sich nen fremda Jäägasmann beim Könich un suuchte ne neuje Malooche, er waachte et in den gefäahrlichn Wald zu laatschn. Dea Könich abba wollte sein Ok nich geehm un spraach:
„Hömma mein Froind un Kupfastecha, et is nich ganz kooscha darinnen, weisse. Kea, ich füahchte, et geht dich nich bessa alz de andren un du kommz nimmameha widda hinaus. Kea, lass den Kwatsch einfach un bleip hia."

Dea Jäägasmann antwoatete:
„Hömma Herr Könich, ich willz auf meine eigne Gefahr waagn machn; un hömma, von Fuacht un Muffmsausn binnich weit entfeant, weisse."

Dea Jäägasmann begaap sich also mit seina Tööle innen Wald. Et dauate nich lange, so geriet sein Köta nen Wild auffe Fäahrte un wollte ihn nachsetzn; kaum abba waara dem Wild nen paar Schrittkes nachgelaatscht, so stanta voa nea tiefm Pfütze, konnte nich weitagehn un nen nackiga Aam streckte sich aussm Wassa, packte de Tööle beim Fell un zooch se hinap.

Hömma, alz dea Jääga dat mit seinen eignen Glupschan sah, eilte er wacka zurück zum Schlössken, holte drei kantige Keale, se musstn mit Eimakes dat Wassa ausschöppm. Hömma, alzse den Grund sehn konntn, so laach da n´ wilda Seega, dea so braun am Leip wa, wie rostiget Eisn un dem seine Fussln auffm Kopp übba de Fratze, biss hin anne Knien runnahingn, vastehsse!? Se bandn ihn mit Strickzkes un füahrtn in foat inz Schlössken. Da waad mächtich Aufreegunk un Vawundarunk übba den wildn Keal angesacht. Hömma, dea Könich abba ließ ihn innen eisanen Kääfich aus sein Hof setzn un vaboot bei Leehmstraafe, de Tüa det Kääfichs jeemalz zu öffnen un de Könjin selpz musste dat Schlüsselke in Vawahrunk nehm tun un packte ihn sicha zwischn ihra Tittelatua. Hömma, von nun an konnt ein jeeda widda den Wald betreetn un drinnen rumspaziean gehn.

Ey hömma, dea Könich hatte nen jungn Bengl un dea Krödde zockte ma im Hofe mit seinen Ball un beim Pöhln ballate er de goldne Pocke innen Kääfich. Dat Blaach wetzte hin un sachte zurem Seega:
„Ey hömma Alta, gipp mich ma meine Pocke widda raus."

„Nee, nich eeha, bisse de Tüa offmgemacht hass," spraach dea olle Keal.

„Nee hömma, dat kannze dich vonne Backe putzn," sachte dat Blaach, „dat kannze vagessn tun, dat hat mich mein Vadda, dea Könich vabootn."

Am andren Tach kama widda zum Kääfich un foadate sein Ball; dea wilde Seega sachte: „Tu mich de Tüat offm,"

abba dat Balg gehoachte ihm nich. Am drittn Tach wa dea Könich auf Jacht gerittn, da kam dea Bengl nomma un sachte, datta seine Pocke widdahaabm wollte un dea Bengl spraach: „Hömma, au wennich wollte, ich kann dich de Tüare nich offm tun, ich happ dat Schlüsslke nich, weisse."

Da spraach dea olle Seega:
„Kea, dea liecht doch untam Koppkissn deina Mudda, dea Könjin, da kannze ihn wechholn tun."

Dea Bengl, dea entzlich seine goldne Pocke widdahaabm wollte, schluuch abba mitma alle Bedenkn innen Wind un brachte dat Schlüsslke heabei. De Tüa ging schwealich offm un dat Blaach klemmte sich de Griffl. Alze nun offm wa, traat dea wilde Keal hearaus, gaap dem Bengl den goldnen Ball widda un eilte wacka hinfoat. Hömma, dat Blach wa bange gewoadn un hatte ganz schöön Muffmsausn voa sein Altn also riefa un schrie den Seega nach:
„Ach kea, wilda Mann! Komma wacka widda bei mich bei, sonz hat meine Fott heut` Kiiames, dat kannze donnich wolln, oda!?"

Hömma, dea wilde Seega keahrte um, hoop ihn hoch un setze ihn auffm Buckl un feckelte mit ihm wacka un mit schnelln Schrittkes innen Wald.

Alz dea Könich heim kam, bemeakte er den leern Kääfich un fraachte de Könjin, wie et denn zugegann wääre. Se wusste von nix, suuchte dat Schlüsslken, abba wech waara. Se rief den Bengl bei sich bei, abba keina antwoatete se. Dea Könich schickte Leutz aus, die ihn auffm Felde suuchn solltn, abba se fanden ihn nich. Da konnta sich ja denkn, wat gescheehn wa un dat dea olle wilde Keal ihm entfüahrt haabe, da heaschte große Traua am könichlichn Hofe.

Illustration: **Otto Ubbelohde** 1867 – 1922 (Bild-PD-alt)

Alz dea wilde Seega widda im finstren Walde angelankt wa, setze er den Bengl vom Buckl runna un spraach zu ihm:

63

„Hömma, Vadda un Mudda siehsse villeich nie widda, abba ich will dich bei mich behaltn, denn du hass mich befreit, un ich happ Mitleid mit dich weisse. Un wennze allet machn tuhs, wat ich dich sach, so sollzet guut haabm, Hömma, mächtige Schätze un Gold habbich genuch un viel mehr, alz jeeda andre auffe vadammte Welt, weisse."

Er machte den Bengl nen Laaga von Moos, auf den er wacka einpennte un am andren Moagn füahrte in dea wilde Seega zu nen Brunn un spraach:
„Kumma, dea Goldbrunn is hell un klaa wien Kristall, du sollz dabei am hockn bleim un kuckn, datta nix darein falln tut, sonz issa vauneahrt. Jeedn Aahmt komme ich widda bei dich bei un kuck nach, oppe mein Geboot befolcht hass."

Dea Bengl hockte sich also auffm Rand det Brunn´s, glotzte wie ap un an son golnet Fischken hüppte, oda sich ne goldne Schlange darin zeichte un passte auf, datta nix reinfiel, vastehsse!? Hömma, alza da so hockte, hatte er mitma so heftige Pinne im Griffl bekomm, datta se unwillküalich innet Wassa steckte. Er zooch ihn wacka widda raus un sah, datta ganz goldn gewoadn wa; er vasuuchte dat Gold vonne Griffl zu bekomm, abba alle Mühe wa umsonst, weisse. Aahms kam dea Eisnhanz zurück, glotzte den Bengl an un sachte:
„Kea mein Jung, wat issn mittn Brunn geschehn?"

„Ja hömma, nix is," antwoatete er un vasteckt de Griffl hintam Rückn, datta se nich sehn sollte weisse, abba dea Seega sachte:
„Hömma, wollze mich vagageijan? Du hass de Griffl im Brunn getaucht, diesma drück ich noch ne Klüüse zu, abba beim näästn ma is Zappes. Un pass mich ja auf, datte nich widda wat reintuhs, woll!"

Am frühstn Moagn, alz dea Lorenz eawachte, saaßa schonn beim Brunn un bewachte ihn, de Griffl taatn ihm au widda weh un hatte mächtich Pinne drin, da fuhr er sich mitte Poote übbam Kopp, da fiel unglückzlichaweise nen Hääaken innen Brunn. Er nahm et wacka hearaus, abba et wa schonn vagoldet, weisse. Dea Eisnhanz kam späta widda rum, abba wusste schonn wat Ambach wa un sachte:

„Hömma mein Bengl, du hassn Hääaken innen Brunn falln lasssn! Ich willz dich nomma vageebm, abba wennet dat drittema passieat, is dea Brunn enteahrt un du kannz nich länga bei mich bleim tun."

Am drittn Tach saaß dea Bengl widda am Brunn un beweechte seine Griffl nich, au wennnse ihm noch so schmeaztn. Abba de Zeit wa ihm so lang hömma un er beglotzte seine Fratze, die aufm Wassaspieglken am sehn wa. Un alza sich dabei imma mehr rübbabeuchte un sich bessa mitte Glubschn zu betrachtn, so fieln ihm seine langn Zottln vom Buckl hearap un voll inz Wassa, weisse. Er richtete sich so wacka er konnt auf, abba sein Haupthaar wa schonn vagoldet un glänzte wie dea Lorenz im Hochsomma bei klaan Himmlke. Hömma, ihr könnt euch bestimmt denkn tun, wie et dem Bengl zumute wa, er easchraak un hatte Muffmsausn. Er nahm wacka sein Taschntüüchsken un band et sich umme Omme, damit dea Eisnhanz de goldnen Hääachen nich sehn sollte. Alza abba widdakam, wussta schonn wat Ambach wa un sachte zum Bengl:

„Hömma mein Bengl, tu dich dat Tüüchsken vonne Omme!"

Hömma, da kwolln ihn de goldnen Fussln heavoa un dea Bengl wollte sich entschudign machn wieja wollte, abba et half ihn einfach nix.

„Ja weisse," sachte dea Eisnhanz, „du hass de Proobe nich bestandn, getz musse hia vaduftn un kannz nich länga bleibm tun. Geh hinaus inne weite Welt, da wiasse eafaahn, wat Aamut is. Abba einz vasprech ich dich nackent inne Hand, weile kein bööset Heazken hass un ich et guut mit dich mein tu, so willich dich noch einz ealaubm; wennze ma in Not geräätz, so geh zurem Wald un ruuf „Einshanz", dann willich komm tun un dich helfm machn. Hömma, meine Macht is mächtich, mächtiga alze dich denkn kannz un Gold un Silba habbich im Übbafluß, dat weisse ja, nä."

Da valieß dea Könichssohn bedröppelt den Wald un laatschte übba gebahnte un ungebahnte Wege imma zu weita duache Welt, bissa zulezt inne große Stadt kam. Er suuchte sich ne Malooche, konnte abba keine finden tun, denn er hatte ja nix geleant, womitta sich am kackn haltn könnte. Entzlich gelankta zu nem Schlössken un fraachte, opse ihn behaltn wolltn. Hömma, de Hofleutz wusstn abba nich, wozuse ihn hättn brauchn könntn, abba se hattn Spässken annem Bengl un hießn ihn zu bleibm.
Zuletzt nahm ihn dea Koch unta seine Fittiche un sachte, er könnte Holz un Wassa holn machn un de Asche zusammkeahrn tun. Eima, alz graade kein andra zu geegn wa, hieß dea Koch ihn dat Futta zu de könichliche Taafl zu schleppm: da er abba seine goldnen Zottln nich zeign wollte, so behielta sein Hüütken aufffm Deetz. Kea hömma, dem Könich wa sowatt abba nonnich untagekomm un er spraach:
„Hömma, wennze zua könichlichn Taafl kommz, da musse dein Hüütken aptun."

„Ach Herr Könich," antwoatete dea Bengl, „ich kannich, ich happ da wat am Kopp, weisse."

Da ließ dea Könich den Koch heabeiruufm machn, schallate ihn eine un fraachte, wieja denn son döösign Bengl in Dienzt nehm könnte; er sollte ihn gleich vom Hoff jaagn. Dea Koch abba hatte Mitleid mit ihm un vatauschte ihn mittm Gäatnajungn. Von nun an musste dea Bengl im Gaatn pflanzn un begießn, hackn un graabm. Wind un usseliget Wetta übba sich eagehn lassn. Eima im Somma, alza alleine im Gaatn am maloochn wa, wa dea Tach so heiß hömma, datta am ööln anfink un sein Hüütken apnahm um den Kopp anne Luft kühln wollte. Wie ihm dea Lorenz so auffe Omme knallte, glitzatn seine Hääachen so hell, dat de Strahln inz Schlaafgemaach dea Könichstochta fieln un se aufsprank, um sehn zu tun, wat Ambach wääre. Da eablickte se den Bengl un rief ihn an: „Ey hömma, brink mich ma nen töftet Bluumsträusken."

Er setzt sich wacka sein Hüütken auffe Omme, brach dea Prenzessin de wildn Feldblüümkes ap un band se zusamm. Hömma, alz dea Bengl de Treppe zua Könichstochta hinaufstieech, begeechnete ihm dea olle Gäatna un spraach: „Kea, wie kannze dea Könichstochta denn son olln Strauß vonne schlechte Blüümkes bringn tun? Mamma wacka keahrt un hol andre aussm Gaatn un suuch de töftestn un selstnen hearaus, dann wiadse sich freun machn."

„Ach wat," antwoatete dea Bengl, „de wildn riechn kräftiga im Zinkn un se weadn iha beaasa gefalln, weisse."

Alza inz Kabüffken dea Prenzessin traat, sachte se: „Hömma, tu ma dat olle Hüütken vonne Omme, et ziemt sich nich, datte et voa mia aufbehälz, weisse."
„Kea, dat kannich nich machn tun. Hömma, ich happ da wat am Kopp," antwoatete er de Prenzessin.

Se griff abba nachet Hüütken un zooch et ihm vonne Omme, da rolltn seine goldnen Hääakes auffe Schultan hearap, dat et so töfte un prächtich wa, se anzesehn. Er wollte wacka de Biege machn, abba se hielt ihm am Aam fest un gaap ihn ne Flosse voll Dukaatn. Er laatschte damit foat, abba beachtete dat Gold nich, sondan brachte et dem Gäatna un spraach:

„Komma hia hasse wat, ich schenk et dich füa deine Blaagn, se könn damit spieln machn."

Nen andren Tach rief ihn de Könichstochta abbamalz zu, er sollte ihr nen Sträußken Feldblüümkes flückn un bringn tun. Un alza damit antraapte un in ihr Kabüffken eintraat, grapschte se gleich nach seinem Hüütken un wollte et ihm wechnehm, abba er hielt et mit beidn Pootn fest. Se gaap ihn widda ne Flosse voll goldne Dukaatn, abba er wollte se widda nich behaltn machn un gaap se den Gäatna alz Spielweak füa seine Blaagn mit. Den drittn Tach gink´z nich annas, se konnte ihm sein Hüütken einfach nich vonne Omme nehm un er wollte au ihre Penunsn nich un vaschenkte se widda. Hömma, nich lange danach, waad dat ganze Land im Kriech gezoogn. Dea Könich vasammelte sein Volk un wusste nich, oppa dem Feind, dea übbamächtich wa un nen mächtiget Heer hinta sich hatte, Widastand leistn könnte. Da sachte dea Gäatnabengl:

„Herr Könich, ich bin hearangewachsn un will mit innen Kriech ziehn, geept mia nua nen Zossn unta de Fott."

Hömma, da beömmelten sich de andren un spraachn:

„Weise wat? Wennwa foat sin, dann such dich einz; wia wolln dia einz im Stall zurücklassn."

Alz dat Heer späta ausgezoogn wa, ginga innem Stall un zooch den Gaul hearaus; hömma, et wa auf ein Flunkn lahm un hinkte huckepuus, huckepuus. Dennoch setze er sich auf un ritt foat in dem dunklen Wald hinein, da wo dea Eisnhanz sein Dommeziel hatte. Alza annem Rand det selbign angelankt wa, riefa dreima Eisnhanz so laut, dat et duache Bäumkes nua so schallte. Hömma, gleich drauf easchien dea wilde Seega un sprach: „Hia binnich! Wat valankze ?"

„Kumma, ich happ hia nua son olln Kläppa, ich valang nen kräftiget Roß, wennze vastehs, denn ich will innen Kriech ziehn."

„Dat sollze haabm un noch viel mehr," spraach Eisnhanz.

Dann ging dea wilde Seega innen Wald zurück un et dauate nich lange, so kam nen Stallknecht aussm Wald un füahrte nen staaket Roß heabei, dat schnaupte ausse Nüstan un wa kaum bändign zu machn. Un hinta ihm hea folchte noch ne mächtige Heeaschaa Kriega, se waan ganz in Eisn geströppt un ihre Schweata glänztn inne Sonne. Dea Jünglink übbagaap dem Stallknecht sein dreibeinig Gaul, bestich dat andre un ritt voare Schaa hea. Alza sich dem Schlachtfeld nähate, waan schon ne Menge det Könichs Leutz gefalln un et fehlte nich viel, so musstn de üübrign weichn, vastehsse!? Da jaachte dea Jünglink mit seina eisanen Heeaschaa hearan, fuhr wien Blitz übba de Feinde ein un schluuch allet nieda, wat sich widasetzn tat. Se wolltn fliehn, abba dea Jünglink saaß ihnen im Nackn un ließ nich ap, biss keina vonne Feinde mehr übbrich wa.Hömma, anstatt zum Könich zurückzukeahrn, füahrte er seine Schaa auf Umweegn widda innen Wald un rief den Eisnhanz hearaus.

„Hömma, wat valankze denn getz?" fruuch dea wilde Keal.

„Hia," sachte dea Bengl, „hia hasse dein Roß un de Heeaschaa zurück un gipp mich mein dreibeinign Zossn widda."

Et geschah allet wieja et valankte un ritt mittn olln Kläppa heim. Alz dea Könich widda auf sein Schlössken kam, wetzte ihn sein Töchtaken entgeegn un wünschte ihm Glück zum errungnen Siech un er sachte:
Hömma Liebelein, ich wa et nich, dea den Siech eingefahrn hat, sondann son fremda Ritta, dea mit seina Heeaschaa zu Hife gekomm is."

De Könichtochta wollte wissn tun, wea dea fremde Ritta wääre. Abba dea Könich hatte kein Plan un sachte zu se:
„Hömma, er hat de Feinde vafolcht, se alle aufs Koan genomm un ich habbin dann aunich mehr widdagesehn."

Se eakundichte sich beim Gäatna nachm jungn Bengl; dea beömmelte sich abba kringelich un spraach:
„Hömma, eebent issa mit son olln dreibeinign Kläppa heimgekomm un de andren haabm gespottet, ihn vanatzt un imma geruufm: Da kommt unsa Hunkepuus widda aussm Kriech zurück. Se fraachta ihn au; Hinta welcha Hecke haase dichn vasteckt un deazeit geratzt? Er sachta abba nua: „Kea, ich happ nua dat beste getan un ohne mich wäar bei Euch dea Aasch ap geweesn, da könnta ein drauf lassn hömma."

Da waata vonne Leutz nomehr ausgelacht, alle beömmetn sich un hieltn sich voa Lachn den Wamz. Da spraach dea Könich zu sein Töchtaken:
„Hömma, ich will ne fette Paddy ansaagn lassn, se soll drei Taage gehn tun un du sollz an jeedn Tach nen goldnen Appl weafm; villeicht kommt ja dea Unbekannte Ritta heabei."

70

Alz de bick Paddy nun vakündet wa, ging dea Jünglink hinaus zurem Wald un rief den Eisnhanz heabei un diesa fruuch: „Hia binnich, wat willze!?"

„Hömma wila Keal, ich will, dat ich de goldnen Äppl vonne Könichstochta fangn tu, se schmeißtse auffm großn Fest vom Könich," antwoatete dea Bengl.

„Et isso, alz hättze ihn schonn," sachte Eisnhanz, „un hömma, du sollz au de roote eisane Rüstunk dazu haabm machn un auffm stolzn Zossn reitn."

Dat fant dea Jünglink töfte un alz dat Fest kam un de mächtige Paddy im Gange wa, sprenkte dea Jünglink hearan, stellte sich unta de Ritta un waad von keina Sau eakannt. De Prenzessin traat hearan un schleudate den goldnen Appl den Rittan zu, abba keina andra fink ihn, alz dea Jünglink allein, abba sobalta ihn inne Flosse hielt, jaachte er damit davon.

Illustration: **Otto Ubbelohde** 1867 – 1922 (Bild-PD-alt)

Am zweitn Tach hatte ihn Eisnhanz alz´n weissn Ritta ausgerüstet un ihm wa nen Schimml gegeehm. Abbamalz finga

71

den goldnen Appl, hielt ihn fest inne Poote un vahaarte nich lang, denn im näästn Aungblick jaachte er widda davon. Dea Könich waad brassich un spraach:

„Kea, wat solln dea Kwatsch, dat is nich ealaupt, dea Seega muss voa mia easchein, Reede un Antwoat stehn un sein Naahm nenn."

Da gaap dea Könich den Befehl aus, wenn dea Ritta, dea den Appl fänkt, sich widda vom Acka machn will, so sollte man ihn wacka nachsetzn un wenna nich gutwillich zurückkeahre, auf ihn einkloppm un einstechn tun. Am drittn Tach eahielta vom Eisnhanz ne schwatte Rüstunk un nen Rappm dazu un er fink widda den Appl. Alza damit foatjaagn wollte, da vafolchtn ihn de andren Ritta det Könichs un eina kam ihn so nahe bei, datta ihn mitte Spitze seinet Schweatz ihm de Porreepiepe vawundete. Dea Jünglink entkam ihnen jedoch, abba sein Zosse sprank so gewaltich, datta sein Helm vom Kopp valoa un se konntn sehn tun, datta goldne Fusln am Deetz hatte. Se rittn zurück un meldtn den Könich allet wat passieat waad.

Am näästn Tach fraachte de Könichstochta den Gäatna nachm Bengl.

„Hömma, dea maloocht im Gaatn: dea wundaliche Kautz wa au auffm Fest geweesn un is east gestan Aahmt widda eingetruudelt, un er hat au meine Blaagn drei goldne Äppl gezeicht, se hatta wohl gewonn, sachta zu se."

Dat sachte de Prenzessin ihrn Vadda un dea Könich ließ ihn gleich zu sich foadan. Dea Jünglink easchien un hatte wie imma sein Hüütken auffm Deetz, abba de Könichstochta laatschte auf ihn zu un nahm et ihn vonne Omme. Da fieln se widda de goldnen Zottln, et wa schöön anzeseehn, wiese übba seine Schultan rolltn, alle waan voll begeistat un baff zugleich. Kea samma, waasse etwa dea Ritta geweesn, dea jeedn Tach zum goßn Fest gekomm is, un imma inna andren Faabe vonne Rüstunk un dea de drei goldnen Appl gefangn hat, wo meine Töchtaken gewoafm hat?" fraachte dea Könich.

„Abba sicha dat," antwoatete dea Bengl un da sin se, de goldnen Äppl," holte se ausse Tasche un reichte se den Könich. „Hömma, wenna nomeha Beweise valankt, so könnta meine Wunde sehn tun, de mia Eure Leutz vapasst haabm, alze mich vafolchtn. Abba ich bin au dea Ritta, welcha Euch zum Siech übbe Eure Feinde vaholfm hat, da kannze ein drauf lassn hömma," spraach dea Bengl.

„Wenne soiche Taatn varichtn kannz, so bisse abba kein Gäatnabengl; Ey, komma un Butta beie Fische, samma, wea bisse un wea is dein Vadda?"

„Ja weisse," antwoatete dea Jünglink, „ mein Alta issn mächtiga Könich un det Goldes habbich in Hülle un Fülle, so viel, wie ich et nua valange."

„Hömma, ich sehe wohl," spraach dea Könich, „ich bin dich zu grooßn Dank vaflichtet, kannich dich nen Gefalln tun?"

„Jau, dat kannze," antwoatete er, „gipp mich dein Töchtaken anne Seite, ich willse zua Alschn nehm."

Da beömmelte sich de Junkfrau un sachte:
„Kea Vadda, sach ja, dea macht mich keine Umstände, abba ich happ schonn an seine goldnen Hääakes gesehn, datta kein Gäatnabengl is," ging zu ihm hin un knuutschte den Jünglink.

Nun wa allet in trockne Tüüchskes, vastehsse un zua Vamählunk kam sein Vadda un seine Mudda un se waan in groußa Froide, denn se hattn schonn alle Hoffnuk aufgegeebm, ihan lieem Bengl nomma widda zu sehn.

Un alze anne Könicliche Hochzeitztaafl saaßn, da wa et mitma mucksmäauskenstill, weil de Mukke ausging, de Tüarn gingn offm un nen mächtich stolza Könich, mittn großm Gefolge traat innen Saal hinein. Er laatschte auffm Jünglink zu, umaamte un drückte ihn, wien Kumpl un spraach zu ihn:

„Hömma mein Bengl, ich bin dea Eisnhanz, dea dich von deina Mischpoke foatgenomm hatte, denn ich wa innen wilda Keal vawünscht abba du hass mich ealööst, weisse. Alle Schätze, die ich besitzn tu, se solln dein Eigntum sein."

Getz wa dea Könichsbengl widda mitte Familie vaeint, hatte ne töfte Peale an seina Seite zua Olln un wa au noch son richtich reicha Krösus, wat willze meha hömma.

*** ENDE * * *

74

Dea Friedl un dat Kathaliesken

Et wa eima nen Seega, dea hieß Friedl un dem seine schnieke Olle, se hieß
Kathaliesken. Hömma, se hattn einanda geheiratet un leeptn zusamm alz junget Ehepäarken un einet Tachs spraach Friedl:
„Hömma Kathaliesken, ich will getz ma auffm Acka um zu Maloochn un wennich widdakomm, musse etwat Gebraatnet geegn den Kohldampf un wat zu Süppln, geegn den Duast auffm Tischken am stehn haabm."

„Ja nee, is klaa," sachte Kathaliesken, „geh nua mein Freddi, ich willet dich schonn allet recht machn tun, weisse."

Alz nun de Futtazeit imma näha kam, holtese ne Wuast aussm Schoanstein un leechte se inne Braatpann, machte Butta dranne un stellte se übbat Feuja. Hömma, de Wuast fink am braatn un brutschln an, Kathaliesken stand dabei, hielt den Pannstiel un hatte so ihre Gedankens; da fiel ihr ein:
„Kea, biss de Wuast feddich is, könnt ich ja deaweil untn innen Kella huschn un den frischn Trunk füa mein Olln zappm."

Also stellte se den Pannstiel fest, nahm nen Kruuch un wetzte runna im Kella un zappte ihrn Seega nen frischet Biea. Dat frische gezappte Biea lief innem Kruuch un Kathaliesken sah ihm dabei zu, da fiel ihr mitma ein:
„Holla de Waldfee, de Tööle is ja oohm ganz alleine, se könnte ja de Wuast ausse Pann mopzn. Kea nee, ey du käämz mich recht hömma!"

Da wetzte se wacka de Kellatreppm hoch; abba dea Spitz hatte de Wuast schonn im Maul un schleifte se auffm Boodn hinta

75

sich hea. Doch dat Kathaliesken nich faul hömma, setzte dem Kööta nach un un jaachte ihm ein Stücksken inz Feld; abba de Tööle wa viel schnella alz Kathaliesken, ließ au de Wuast nich am falln un vaschwant übba de Äcka.

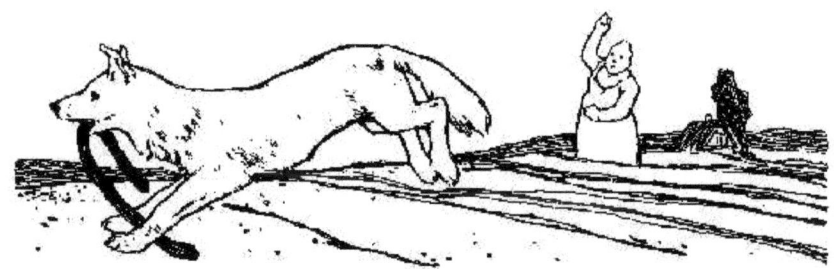

Illustration: **Otto Ubbelohde** 1867 – 1922 (Bild-PD-alt)

„Tja, wat willze machn, wech is wech, weisse,"
sprach dat Kathaliesken, keahrte um un weilse sich müde gelaatscht hatte, gingse ganz gemäächlich un kühlte sich ap.

Kea hömma, inne ganzn Zeit lief dat frische Biea aussm Faß, imma zu, denn Kathaliesken hatte den Zapphahn vagessn zu zumachn un alz dea Littakruuch voll wa un sonz kein Platz da wa, so lief dat töfte Biea innem Kella un höate east auf, alz dat fuffzich Litta Fäßken leer wa, weisse.
Dat dusslige Kathaliesken sah schon auffe Treppe dat Unglück un rief:
„Son Schisselameng! Wat fänkzte getz an, dat dea Friedl nix meakn tut?"

Hömma, se besann sich nen Weilken un entzlich fiel ihr ein, vonne letztn Cranga Kiiames stände nochn Sack mit Weiznmehl auffm Boodn, dat wollte se runnaholn un in dat Biea streun tun.

76

„Jaa, siehsse," spraach se, „wea zua rechtn Zeit wat spaan tut, dea haddet danach inne Not."

Se stiech auffm Dachboodn rauf un holte den Sack runna un waaf ihn geraade auffm Kruuch voll Biea, datta iha aunoch umkippte un dea frische, töfte Trunk von Friedl au im aasch wa un im Kella schwamm.

„Tja, et is ganz recht so," spraach Kathaliesken, „hömma, wo einz is muss au dat andre sein, weisse" un streute dat Mehl im ganzn Kella aus un alze feddich wa, freute se sich gewaltich übba ihre Malooche un da sachte se:

„Ack kea, wie et doch so reinlich un pikobello hia aussehn tut!"

Hömma, umme Mittachzeit kam dea Friedl heim un spraach:
„Na Olle, wat hasse denn lekkret zu schmakofatzn gemacht?"

„Ach Friedl," antwoatete seine Alsche, „kea, ich wollte dia ja ne lekkre Wuast brutschln, abba wäahrend ich dat Biea dazu zappte, hatse de Tööle ausse Pann gemopzt un wäahrend ich dem Köta nachgewetzt bin, da is dat Biea ausgelaufm; un alz ich dat Biea mittm Weiznmehl auftrocknen wollte, da habbich Dösbaddl den Kruuch mittn frisch gezapptn Biea au noch umgekippt: abba Friedlchen mein Liepzta, sei ma ruhich zufriedn mit mich, dafüa is dea Kella getz widda fuaztrockn, weisse."

„Kathaliesken, Kathaliesken," sachte Friedl, „dat hättze nich tun müssn! Läßt dich de Wuast wechschnappm un dat töfte Biea aussm Fäßken laufm un vaschütz oohmdrein noch den frisch gezapptn Kruuch volla Biea un vasaubeutelz dat guute Mehl im Kella!"

77

„Tja hömma Friedl," spraach se, „dat habbich ja nich gewusst, weisse. Dat hättze mich ja ruhich ma saagn könn."

Dea Friedl dachte: „Kea, geht dat so mit deina Olschn, so musse dich wohl bessa voasehn tun."

Nun hatte er ne hüpsche Stange Kohle zusammgebracht, da wechselte er se in Gold ein un sachte dann zu Kathaliesken: „Siehsse Mäusken, dat sin gelbe Gicklringe, se willich innen Topp tun un im Stall unta de Kuhkrippe vagraabm machn; abba datte mich mit deine Griffl davon bleipz hömma, sonz wiaded dich schlimm eagehn tun."

Da sachte Kathaliesken zu ihrn Macka: „Nee Freddy, dat willich bestimmt nich machn tun, dat kannze mich ruhich glaubm. Hömma, ich schwööa!"

Alz Friedl nun widda foat gegangn wa, da kamen son paar olle Kräma inz Doaf, die Töppe un Näpfe zu vascheuan hattn un fraachtn beie jungn Olschn an, opse nix zu handl hätte.
„Oh iha liem Leutz," sachte Kathaliesken, „ich hap keine Monetn auf Tasche un kann bei euch nich schoppm tun; abba könnt gelbe Gicklringe brauchn tun, so willich bei euch kaufm machn."

„Gelbe Gicklringe, warum nich? Dann lass ma sehn hömma."

„So geht ma im Stall un graapt unta de Kuhkrippe," sachte Kathaliesken, „da weadet ihr de Dinga findn tun, ich daaf da ja nich beigehn!?"

Hömma, dat Gesocks ging dahin un se gruubm im Stall unta de

Kuhkrippe un fanden dat Gold. Hömma, dat packtn se wacka ein, ließn de Näpfe un Töppe im Häusken am stehn un vapisstn sich. Dat Kathaliesken abba meint, datse dat neuje Geschirr gebrauchn müsste. Weil abba nun inne Küche ohnehin kein Mangl dranne wa, da schluuch se jeedn olln Topp den Boodn aus un steckte se allesamt zua Zieade auffe Zaunpfäähle, rinks ummet Häusken hearum auf, weisse. Hömma, wie dea Friedl kam un den Ziearat auffe Pfäähle sah, da spraacha:
„Ey Kathaliesken, wat hasse denn widda füan Schisselameng vazappt?"

„Hömma Friedl, ich happ neuje Töppe un Krüüge geschoppt," antwoatete se, „un weisse womit? mitte gelbm Gicklringe, dieje unta de Kuhkrippe vagraahm hass. Abba hömma, ich selpz bin nich bei gegangn, weisse, dat hamm de Kräämasleutz ausgraahm müssn."

„Ach kea Kathaliesken," spraach Friedl zu seina Olle, „wat hassn da widda füan Kokolores gemacht! Dat waan keine Gicklringe hömma, dat wa puuret Gold un all unsa Vamöögn, weisse; dat hättesse äct nich tun solln."

„Ja weisse Fiedlken," sachte se kleinlaut, „dat habbich donnich gewusst, dat hättze mich doch voahea saagn solln."

Kathaliesken stand nen Weilchen da un besann sich un spraach: „Hömma Friedlken, dat Gold wolln wa schonn widda kriegn, wia wolln ma wacka hinta de Hallunkn healaufm."

„Jau, so komm wacka," spraach Friedl, „wia wollns vasuuchn machn, nimm abba Butta un Kääse mit, datwa auffm Weech wat zu futtan haabm."

„Jau Friedlken, geht klaa," sachte Kathaliesken, „ich willz mitnehm tun."

Se machtn sich vom Acka un wetztn dem Diebetvolk nach un weil Friedl bessa zu Fuß wa, laatschte Kathaliesken hintn nach un dachte:
„Dat is mein Voateil, wennwa nahea widda umkeahrn müssn, habbich ein Stücksken voaraus."

Nun kam se zu nen Beach, wo an beidn Seitn det Weechs tiefe Spuarilln eingefaahn waan, da spraach se:
„Ja kumma eina an, wat dat aame Eadreich zarissn is, wat et geschundn un gedrückt wuade! kea, dat wiad sein Leeptach nimmameha heil, weisse."

Un aus bedröppeltn un mitleidign Heazken nahm et seine Butta un bestrich de Rilln, rechtz un linkz, damitse vonne Rääda nich so gedrückt wüadn, vastehsse!? Un wiese sich aus baahmheazichkeit so bückte, rollte ihr nen Kääse ausse Täsch den Beach hinap. Da spraach dat Kathaliesken:
„Ach kea, ich happ den Weech schomma hinauf gemacht, ich renn nich widda runna, et mach'n andra hintahea wetzn un ihn widda hooln."

Also nahm et nen andren Kääs un rollte ihn hinap. Hömma, de Kääse abba kamen nich widda, da ließe noch'n drittn den Beach runnarolln un dachte:
„Jaa nee, is ja klaa, de andren beidn waatn auf Gesellschaft un gehn nich geane allein den Beach hoch."

Alz abba nache Zeit imma nonnich alle drei Kääse da waan un ausgeblieem sin spraach se:

„Kea, ich weiss ja nich wat hia Ambach is; doch kannet ja sein, dat dea dritte den Weech nich gefundn un sich vairrt hat, dann willich ma den viieatn schickn machn, datta se heabeiruufm tut.“

Hömma, dea viieate machte et abba aunich bessa alz dea dritte weisse, da waad Kathaliesken abba brääsich, waaf den fünftn un säckztn no hintahea un dat waan au de letztn. Nonne Zeitlang bliebse am stehn un lauate opse zurück kämem, abba alze nich auftauchtn, spraach se:
„Kea, kea, nee, ihr seid gut hömma, iha bleipt abba lange wech, meinta denn, ich will no länga auf euch waatn machn? Ich laatsch mein Weech weita, iha könnt ma ja nachlaatschn, iha happ ja jüngre Kackstelzn alz ich.“

Kathaliesken ging foat un fant ihrn Friedl, denn dea wa stehn geblieem un hatte auf seine Alsche gewaatet, weila ja ma wat futtan wollte
„Nu gipp mich ma hea, watte mitgenomm hass,“ sachte Friedl.
Se reichte ihn nen trocknen Kantn Broot, Friedl glotzte vadutzt un spraach:
„Ja hömma, wo issn de Butta un dea Kääse?“

„Ach weisse Friedlchen,“ sachte se, „mitte Butta habbich de Spuarilln geschmieat un de säckz Kääse wean bald nachkomm tun; eina wetze mia wacka wech, da habbich de andren fünwe nachgeschickt, se solltn ihn ruufm machn, vastehsse!?“

„Ach kea Kathaliesken,“ spraach Friedl zu seina Olle, „wat hassn da widda füan Kokolores gemacht! Dat hättze nich tun solln! De Rilln schmiean un den Kääse den Beach runnarolln. Du biss mia ächt ne Maake hömma.“

81

„Ja weisse Fiedlken," sachte se kleinlaut, „dat habbich donnich gewusst, dat hättze mich doch voahea saagn solln."

Hömma, da teiltn se den Kantn un spachteltn dat trockne Broot zusamm un dea aame Friedl sachte nache Zeit:
„Kathaliesken, hasse zuhause au oandlich unsa Kabachl vawaaht, de Tüan un Fenstakes geschlossn, wieje foatgegann biss?"

„Nee Friedl," sachte se zu ihrn Olln, „dat hättze mich voahea saagn solln."
„Kea, kea, nee," spraach Friedl, „dann gehma wacka heim un bewahr east ma dat Häusken. Dat unz ja keina de Hütte untam Aasch stebitzt, bevoa wa weitalaatschn; bring au wat leckret zu spachtln mit, ich will hia weita auf dich waatn tun."

So ging dat Kathaliesken zurück un dachte:
„Jaa nee, is klaa hömma, dea Friedl will wat andret zu futtan, Butta un Kääse schmackofatzt ihn wohl nich genuch, so willich nen Tüüchsken mit Hutzln un nen Kruuch mit Essich zum Trunk mitnehm tun."

Hömma, dat machte Kathaliesken au alze daheim wa. Danach riegelte se de Fenstakes un de Oobatüar zu, abba de Untatüar hoop se aus, nahmse auffm Buckl un glaupte, wennse de Tüar in Sichaheit gebacht hätte, müsse de Hütte wohl bewahrt sein un trällate nen Liedken auffe Lippm.
Kathaliesken nahm sich viel Zeit füan Weech un dachte sich beim trällan:
„Ja weisse, je länga du getz laatscht, umso länga ruht sich Friedl no aus."

Alze widda bei ihm bei kam, da spraachse:
„Da Friedlchen, da hasse deine döösige Haustüar, getz kannze dat Häusken selpz bewaahn."

„Ach nee Kathaliesken," spraacha, „kea, wat habbich ne kluuge Olle!
Rieglt de Haustüare oohm zu un heept de untre aus, dat getz jeeda Aasch reinrenn kann un bringt se aunoch bei mich bei.
Kea, getz isset zu spät momma na Hause zu renn, abba du hass de Tüar heagebracht ,so sollze se au selpz schleppm hömma."

„Friedlchen," sachte Katheliesken, „de Tüar willich schonn schleppm tun, abba den Kruuch mit Essich un de Hutzln wean mich abba langsam schwea; ich hängse einfach anne Tüar, se machtse schleppm, weisse."

Nun gingn se innem Wald un suuchtn de Spitzbuubm, abba fandn se nich. Weils nun wacka duusta wuade, klettatn se nen Bäumken hoch un wolltn da übbanachtn machn. Abba kaum saaßn se oohm aufm Bäumke, so kamen de Halunkn dahea, die allet einsackn, wat nich Niet un Naaglfest is un all de Dinge findn tun, ehe se valoan sin, vastehsse!?
Se pfleeztn sich soeemt genau unta dat Bämken nieda, auf dem Friedl un Kathalieske saaßn, machtn sich n´ Feuja un wolltn de Beute teiln tun.
Friedl nich döösich, stiech vonne andre Seite runna un sammlte Steinkes, stiech mit selbige widda hinauf un wollte de Diebe tot weafm. Hömma, de Steinkes traafm abba nich un de Spitzbuubm riefm:
„Kea, et is schonn bald Moagn, der Wind schüttlt de Tannäppl runna, wiad Zeit dat wa Land gewinn un unsan Aasch hochkriegn tun."

Kea hömma, Katheliesken hatte no imma de Tüar auffm Buckl un weilse so schwea drückte, dachte se, ich muss de Hutzln runnaschmeißn.

„Nee Katheliesken, lass ma sein, getz nonnich," sachte Friedl, „se könntn unz varaatn machn."

„Ach Friedlchen, ich musse abba, se drückn mich gaa so sehr, weisse."

„Na dann mach, um det Henkas Naahm!" antwoatete er.
Da rolltn de Hutzln zwischn de Äste un Zweigskes herap un de Keale untam Bäumke spraachn:
„Hömma, de Vögelkes sin am nistn dranne."

Ne Weile danach drückte Katheliesken de Tüare imma noch auffm Buckl un sachte zu ihrn Olln:
„Ach kea Friedlchen, ich muss den Essich ausschüttn tun."

„Nee Kathaliesken, antwoatete er, „dat daafste nich, et könnt unz varaatn."

„Ach Friedlchen, ich muss et abba, et drückt mich zu sehr, weisse."

„Na gut, antwoatete Friedl, „dann tu et, um det Henkas Naahm!"

Da kippte se den Essich runna, dat de Keale besprizt wuadn un se sachtn:
„Hömma, dea Tau tröpplt schonn hearunna, is bald anne Zeit den Apfluuch zu machn" un dreehtn sich nomma um.
Entzlich dachte Katheliesken:

„Kea, sollte et doch de vadammte Haustüar sein, wat mich da drückn tut?"

„Friedlchen hömma, ich muss de Tüare runnaschmeißn, se drückt mich, mächtich auffm Buckl," sachte Kathaliesken.

„Nee, lass ma sein," schte ihr Olle, „getz nonnich, se könnte unz varaatn."

„Ach kea Friedlchen," spraach se, „ich muss abba, se drückt mich so sehr."

„Nee sarrich, Kathaliesken halt se einfach fest inne Pooten," sachte Friedl.

„Weisse wat Friedlchen, ich lasse einfach falln, ich happ de Faxn dicke!"

„Ja nee", antwoatete Friedl äagalich, „so lasse falln in Deibls Naahm!"

Da fiel de Tüar mit Gepolta un Karacho runna un de Keale untn riefm:„Hömma, dea Deibl kommt vom Bäumke hearap," rissn aus un ließn allet in Stich. Frühmoangs, alz dea Loren aufging un de beidn vom Bäumke runnastiegn,, fandn se ihr Gold widda un truugn et heim. Alze widda zu Hause waan, sraach der Friedl zu seina Olle:

„Ey hömma Kathaliesken, ap getz musse abba fleißich sein un maloochn."

„Jau geht klaa, dat tu ich, dann willich inz Feld gehn un Früchte schneidn."

Alz Kathaliesken im Feld am ackan wa, spraachse mit sich:

„Eßich, ehe ich schneid, oda pennich, ehe ich schneid? ach, ich willet eha futtan tun!"

Da spachtelte Kathaliesken un waad übbat futtan so schachmatt un fink am schneidn an un schnitt sich halp träumend alle seine

Plörren entzwei. De guute Schüaze, Rock un Hemdken. Wie Kathelisken nachm langn Ratzn widda eawachte, stand se halp nackich da un sachte zu sich:
„Binnichs oda binnichs nich? Ach weisse, ich binnet nich!"

Untadessn waad's Nacht gewoadn un dea Wanne-Eickla Mond schien schon oohm am Himmlken, da laatschte Katheliesken inz Doaf hinein, kloppte an ihret Olln Fenstaken un rief fraagent:
„Friedlchen? Halloooo Friedlchen?"
„Jau, wat is?"
„Hömma, ich möchte wissn tun, op Katheliesken drinnen is."
„Jau isse wohl," antwoatrete Friedl, „is wohl schonn inne Poofe am ratzn."
„Gut hömma; dann binnich gewiß schonn zu Hause," sprach Katheliesken un lief foat. Draußn fant Kathaliesken Spitzbuubm, se wolltn stebitzn, da gingse zu ihnen un spraach:
„Hömma, ich will euch beim klaun helfm machn."

De Spitzbuubm meintn, se kennt de Gegeebmheitn det Doafes un waan zufriedn. Kathaliesken ging voare Häuskes un rief:
„Hömma, ihr Leutz, wia wolln klaun, happta wat?"
„Dat wiad nich gutgehn tun," dachtn de Halunkn un wünschtn, se wään de Trulla wacka widda los un spraachn zu se:
„Hömma, voam Doafe hat dea Pfaffe Rüühm auffm Feld am stehn, gehma hin un hol unz welche."

Se laatschte los, hin aufs Feld un fink am ruppm an, wa abba widda ma so faul, datse den Aasch nich hochbekam, weisse. Da kam ein Sega voabei, saah's, stant stikkum dabei un dachte, dat et dea Deubl wäar, dea da so inne Rüübm wühlte, wetzte wacka inz Doaf un spraach zum Pfaffe:

„Herr Farrah, in Eujan Rüühmfeld is dea Deubl un ruppt de Rüübm."

„Ach jottajotta jottchen," spraach der Pfaffe, „ich happ nen laahn Flunkn, ich kannich inz Feld hinaus un ihn wechbannen."

Spraach dea Seega:
„So willich euch hockln," nahm den Pfaffe aufm Buckl un wetzte los. Alzse am Rüübmland ankamen, machte sich dat Kathaliesken auf un reckte sich inne Höhe.

Illustration: **Otto Ubbelohde** 1867 – 1922 (Bild-PD-alt)

„Ach dea Deubl," rief dea Pfaffe un beide eiltn wacka davon un dea Pfaffe konnte mit sein laahm Flunkn mitma voa lauta Muffmsausn geraada bessa renn, wie dea Seega, dea ihn mit seinen gesundn Kackstelzn aufm Buckl mitgenomm hatte, weisse.

* * * ENDE * * *

87

Dea oll Sultan

Hömma, et wa eiman nen Baua, dea hatte nen treun Köta un sein Naahme wa Sultan. Dea Köta wa recht oll un grau gewoadn un hatte alle seine Hauas valoan, so datta nix mehr fest packn konnte, weisse. Zu nea Zeit stand dea Baua mit seina Olsche eima voare Haustüar un spraach:
„Hömma Muddi, den olln Sultan tu ich moagn totschießn machn, dea is ja au füa nix mehr nütze, weisse."

De Olsche hatte Mitleid mittn olln Vieh un antwoatete:
„Ker Olln, hasse ein am Kopp? Tu dat nich machn tun! Daara unz doch so lange treu gedient un imma äahrlich zu unz gehaltn hat, so solla doch von unz sein vadientet Gnaadnbroot kriegn."

„Ah wat," sachte iha Seega, „hömma, bisse kirre im Kopp; de Tööle hat keine Haua meha inne Gosch un kein Halunke füachtet sich voa ihm, dea kann getz ma aptreetn tun. Hatta unz au gedient, so hatta au Futta dafüa gekricht, weisse."

Dea aame Köta, dea nich weit davon den Lorenz genoss un ausgestreckt so dalaach, hatte allet mit angehöaat un waad sehr bedröppelt, dat moagn sein letzta Tach sein sollte! Er hatte nen guutn Kumpl zum Froind, et wa dea Wolf. Hömma, zu dem schlicha imma aahms innen Wald hinaus un klaachte sein Schicksal, dat ihm bevoastände.

„Hömma Gevatta," sachte dea Wolf, „sei ma nich son miesa Möpp un lieba frohn Mutes, ich will dich schonn ausse Misäare befrein tun. Kea weisse, ich happ mich wat töftet ausgedacht. Moagn in alla Frühe geht dein Herr mit seina

Alschen ins Heu un se nehm ihr kleinet Blaach mit, weil ja niemand zu Hause zurückbleim soll. Hömma, se tun dat Göa imma wäarend de Maloche hinta de Hecke im Schattn leegn machn; tu dich einfach ma daneehm leegn, gleich so, alz wolltesse et bewachn machn. Ich will dann aussm Walde komm tun un dat Blaach raubm, weisse; du muss mich dann nachspringn un so tun, alz oppe mich de Göare apjaagn wolltes. Ich tu et dann falln lassn un du brinkz et de Eltans zurück. Hömma, se glaubm dann, du hättes et voam böösn Wolf gerettet un sin dich viel zu dankbaa, alz datse dich noch´n Leid antun wolln; im Geegnteil hömma, du kommz in völliga Gnaade davon un et wiad dich an nix mehrfehln tun, vastehsse!?"

Illustration: **Otto Ubbelohde** 1867 – 1922 (Bild-PD-alt)

Dea töfte Gedanke det Wolfs un wie er ausklamüüsat hatte, gefiel dem Köta un waad genauso ausgefüahrt. Der Vatta schrie wie am Spieß, alza den Wolf mit seinem Bengl duach´s Feld wetzn sah, alz et abba dea oll Sultan zurückbrachte, waara ächt froh, datta voa Froide am heuln anfink, streichelte ihn un sachte:
„Kea mein olla Sultan, dich soll kein Häarchen mehr gekümmt weadn, du sollz dein Gnaadnbroot von unz bekomm tun, so lange du leepz, weisse."

Zu seina Olschn spraacha:

„Muddi, geh ma heim un tu dem olln Sultan wat töftet brutschln, mach ihn nen lekkren Brei, den braucha nich beißn tun un tu ihm ruhich au mein Koppkissn ausse Poofe, alz sein Schlaaflaaga geebm, vastehsse."

Kea hömma, von nun an hatte dea oll Sultan dat Himmelke auf Eadn. Bald heanach besuchte ihn dea Wolf un freute sich mit ihn nen Ast ap, dat dea Plan so töfte aufging, weisse. Da sachte dea Wolf:

„Kea Gevatta, du wiass ja wohl ma ne Klüüse zudrückn, wennich mich inne Nacht einz vonne fettn Schaafe wechhol, woll!? Et is ächt ne Plaage sich heuzutage am kackn zu haltn, weisse."

„Hömma, darauf rechne ma nich," sachte de Tööle, „mein Herr tu ich biss innem Tode treu bleibm machn, dat kannich nich zulassn, vastehsse!?"

Dea Wolf abba meinte, et wäare nich im Eanzt gesacht un nua nen Spööksken, er kam inne Nacht hearangeschlichn un wollte dat Schaaf stebitzn machn. Abba dea Baua, dem dea treue Sultan dat Voahaabm det Wolfz berichtete, passte wien Fuckz auf. Er stellte den Halunkn un büastete ihm mittn Dreschfleegl gaarstich dat Fell. Dea Wolf musste sich wacka vapissn datta nich totgebüastet wüade, keifte den Köta an un schrie:
„Oh waate ma ap, du dulle Tööle, dafüa sollze büüßn tun."

Am andren Moagn schickte dea Wolf dat wilde Schweinke un ließ den Köta hinaus innem Wald foadan, da wollte er mit ihn Tacheles kwatschn. Dea oll Sultan konnte nua nem olln Dachhaasn, dea nua noch drei Kackstelzn hatte, kein andren

Beistand findn. Alze nun beide hinaus innem Wald gingn, humplte dea oll Dachhaase dahea un steckte gleich voa Pinne seinen Schwanz inne Höhe. Dea Wolf un sein Beistand waan schonn voa Oat, alz se abba de beidn Geechna kommen saahn, meintn se, eina füahre nen Sääbl mit sich, weilse den aufgerichtetn Schwanz vonne olln Katze dafüa ansaahn, vastehsse!? Un wenn dat aame Viech so auf de drei Flunkn am hüppm wa, da dachtn se nix andret, alz wüade et nen Steinke aufheebm machn un nach se weafm tun. Hömma, da waad et ihnen abba ankzt un bange; dat wilde Schweike vapisste sich un vakroch sich untas Laup un dea Wolf voa Muffmsausn aufs Bäumken. Alz dea Köta un dea Dachhaase hearankamen, da wundatn se sich, dat sich keina von beidn sehn ließ.

Dat wilde Schweinken hatte sich untam Laup abba nich ganz vasteckn könn, denn seine Öaakes waan noch am seehn. Alz de oll Katze sich bedächtich umkuckte, zwinzte dat Schweinken mitte Öaakes: de Katze, welche meinte, et reecht sich da nen Mäusken, hüppte gezielt doat hin un biß heazhaft hinein. Da eahoop sich dat Schweinke mit mächtich Palaava, schrie wie am Spieß, wetzte davon un rief:
„Kea lass mich in ruhe, doat auffm Bäumke da sitzt dea Schuldige!"

Dea Köta un de Katze glotzn hinauf un eablicktn den Wolf, dea schäämte sich so sehr hömma, datta sich so fuachtsam gezeicht hatte un nahm von nem Köta den Friedn an. Hömma, von getz an waan se de bestn Kumplz, weisse.

*** ENDE ***

Hanz mein Iigl

Kea, et wa damma nen olln Baua, dea hatte mächtich Kohle auffe Täsch, abba au so reich wieja wa, so fehlte et ihm doch an seinem Glück: denn et fehltn ihm mit seina Alschn de Blaagn, weisse. Öftas, wenna mitte andren Bauans inne Stadt laatschte, da spottetn se übba ihn un fraachtn, warumma dennoch keine Blaagn hätte, oppa mit Platzpatröönkes vaschießn wüade. Kea hömma, da wuada abba brässich un alza na Hause kam spraacha:
„Ey Else, ich willen Blaach haabm un sollz nen Iigl sein, dat is schnuppe."

Hömma, einige Moonate späta, hatte seine Olle nen Braatn inne Röhre un gebahr ihm nen Balg, dat wa oohmrum wien Iigl un untnrum wien Bengl, vastehsse un alz se dat Blaach sah, easchraak se un spraach:
„Ja siehsse Alta, kumma du hass unz vawünscht."

„Tja, wat kann dat allet helfm tun," sachte dea Mann, „getauft muss dea Bengl weadn, abba wia könn ihn kein Gevatta anne Saite geehm."

„Hömma, wia könn ihn ja aunich andas taufm machn, alz wie, Hanz mein Iigl," antwoatete de Olsche.

Alza inne Kiiache getauft waad, sachte dea Pfaffe zu de Eltans:
„Kea, dea kann weegn seine Stachelns in keine oandliche Poofe komm."

Daraufhin waad ihn hintam Oofm nen wenich Stroh alz Poofe zurechtgemacht un Hanz mein Iigl drauf geleecht.

92

Er konnte au beie Mudda anne Tittelatua nich süppln machn, denn er hätte se sonz mitte Stachels inne Milchtüütn gestochn, weisse. So laacha acht Jäahches hintam Oofm un sein Vadda waad ihn müüde un dachte, wenna doch nua entzlich apkratzn wüade; abba nee hömma, er staap nich, sondan bliep da weita am liegn, weisse. Nun truuch et sich zu, dat inne Stadt Maakt wa un dea Baua wollte da hingehn tun, da fraachte er seine Else, watta se mitbringn machn solle.

„Hömma, du kannz unz son bissken Fleisch un Bröötkes un wat noch so zum Haushalt gehöan tut, mitbringn machn," sachte se.

Darauf fraachte er de Maacht, se sachte datse nen Paar Paluschn un neuje Zwicklsöckskes wollte. Entzlich sachta:
„Ey, Hanz mein Iigl, hömma wat willze, wat sollich dich mitbringn tun?"

„Ach Vadda," antwoatete er, „hömma, bring mich dochn Duudlsack mit."

Wie nun dea Baua widda na Hause kam, gaapa seina Olle, dea Else, watta se gekauft hatte, Fleisch, Bröötkes un wat sonz in Haushalt so gebraucht wiad, dann gaapa dea Maacht de Pantöffelkes un de Zwicklstrümpfkes un entzlich ginga au hintam Oofm un gaap Hanz mein Iigl den Duudlsack. Un wie Hanz mein Iigl den Duudlsack inne Pootn hielt, spraacha:
„Ey Vadda, geh domma inne Schmiede un laß mein Göcklhahn beschlaagn machn, dann willich foatreitn un nimmameha widdakomm tun!"

Hömma, da waad dea Baua voll aussm Häusken un so froh, datta den Bengl entlich kwitt weadn sollte un ließ den olln

Hahn beschlaagn machn un alza feddich wa, hüppte Hanz mein Iigl drauf, ritt foat, nahm de Schweinkes un au Eesl mit, dieja draussn im Wald hüütn machn wollte.

Illustration: **Otto Ubbelohde** 1867 – 1922 (Bild-PD-alt)

Hömma, im Walde musste dat Hühnken mit Hanz mein Iigl abba auffm hohet Bäumken fliegn, da saaßa dann un hüütete de Eesl un de Schweinkes un saaß da oohm viele Jäahchen, biss de Heade mächtich groß wa un sein Vadda wusste nix von ihm. Wenna abba auffm Bäumke so am sitzn wa, bließa in sein Duudlsack un macht Mukke. Kea, wat wa die töfte hömma. Eima kam nen Könich det Weech dahea, dea Seega hatte sich vairrt un höaate de Mukke: da vawundaate er sich drübba un schickte seinen Bedieentn dahin, er sollte sich ma umkuckn, wo de töfte Mukke heakääme.

Hömma, er glotzte sich um, illate übbaall, abba er sah nix aussa son mickriget Viech im Bäumken oohm am sitzn machn, dat wa wien Göckl-hahn, auf nem Iigl saaß un machte de Mukke, weisse. Da sachte der Könich zu den Bedieentn:
„Kea, fraach dem ma, warumma da oohm am sitzn tut un Mukke macht un oppa nich wüsste, wo der richtige Weech zu seinem Könichreich ginge."

Dea Lakai det Könichs also widda zurück zum besachtn Bäumke un stelle ihm de Fraage. Da stiech Hanz mein Iigl runna un spraach:
„Hömma, samma dein Könich, dat ich ihm den Weech zeign tun kann, wenna mich vaschreim un vasprechn tut, wat ihm zueast am könichlichn Hoofe begeechnet, sobalta na Hause komm tut, meinz is."

Da dachte dea Könich nach un sachte dem Bedieentn:
„Jaa nee, dat kannich leicht machn tun, denn Hanz mein Iigl is doch eh mischugge inne Biane un ich kann ihm aufschreim, wat ich will."

Illustration: **Otto Ubbelohde** 1867 – 1922 (Bild-PD-alt)

Da nahm dea Könich Feeda un Tinte un schriep iangswat auffm Zettl un alz allet feddich geschrieem wa, zeichte ihm Hanz mein Iigl den Weech inz Könichreich un dea Könich kam widda glückzlich na Hause inz Schlösske. Sein Töchtaken abba, wiese ihm von weitm saah, wa volla Froide, datse ihm entgeegn feckelte un ihn apknuutschte, weisse. Da gedachte dea Könich an Hanz mein Iigl un eazählte seina Schickse de ganze Storrie, wie et ihm eagangn sei un er nem wundalichn Viech wat vasprechn un vaschreim sollte, wat ihm daheim zueast begeechnen wüade. Un dat dat wundaliche Viech auffm Hahn wie auffm Zossn gesessn un töfte Mukke gespielt hätte, un er habe abba au geschrieem, dat Hanz mein Iigl dat easte nich kriegn wüade un datta dat, au nich vastehn un leesn könnte, weila ja son bissken mischugge im Kopp sei. Hömma, darübba wa de Prenzessin so froh un glückzlich un se sachte, dat dat, watta gemacht habe gut wa, denn se wäare ja donnich zu Hanz mein Iigl hingegangn.

Hömma, Hanz mein Iigl abba hüütete de Eesls un de Schweinkes weita, wa wie imma lollich drauf, saaß auffm Bäumke un blies innem Duudlsack un machte weita töfte Mukke, weisse. Nun geschah et, dattn andra Könich mit seinen Bedieentn un Läufa dahea gefaahrn kam un sich vairrt hattn un se nich wusstn, wie der Weech na Hause ging, weil dea Wald so dunkl un so mächtich groß wa. Ja hömma, au dea Könich höaate gleichfallz de töfte Mukke von weitm un spraach zu seinen Läufa, wat dat wohl wäare, er sollte domma illan gehn. Da laatschte dea Läufa los biss hin zurem Bäumken wo dea Göcklhahn un Hanz mein Iigl oohm drauf am sitzn waan. Dea Läufa fraachte ihm:
„Ey hömma, wat machsse da, wat hasse denn da oohm voa?"

„Ja weisse," sachte Hanz mein Iigl, „ich tu meine Eesls un Schweinkes hüütn machn; abba wat isnn Euja Begeahrn?"

„Hömma, wia hamm unz total vairrt," antwoatete dea Läufa, „kea samma, kannze unz nich den Weech zum Könichreich zeign machn?"

Da stiech Hanz mein Iigl mittn Göcklhahn vom Bäumke runna, ging mit zum olln Könich un sachte ihm, datta ihnen den Weech zeign machn wolle, wenna ihm zu eign geehm wollte, wat ihm zu Hause im könichlichn Schlössken zueast begeechnen wüade. Dea Könich willichte ein un untaschriep sich dem Hanz mein Iigl, er sollte dat haabm tun, wat ihm daheim im Schlössken zueast begeechnet. Alz dat geschehn wa, ritta auffm Göcklhahn voaraus un zeichte ihnen den rechtn Weech un dea Könich gelankte widda glückzlich in sein Reich.

Wie nun dea Könich auffm könichlichn Hof ankam, wa mächtich Froide angesacht. Nun, er hatte nua eine einziget Töchtaken un se wa soo schieke hömma un lief ihn entgeegn, fiel ihm ummen Günsl, knuutschte ihn heftich un freute sich´n Ast, dat ihr olla Vadda widda da wa. Se fraachte ihm, woha denn de ganze Zeit inne Weltgeschichte geweesn sei, da eazählta ihr, er hätte sich total vairrt un wäare beinahe übbahaupt nich widdagekomm, abba alza duachn mächtign un dunklen Wald gefahrn wäare, da hätte eina, halp wien Iigl un halp wien Mensch, rittlinkz auffm Hahn in nem hohn Bäumke gesessn un töfte Mukke gemacht. Dea hätte ihm foatgeholfm un ihm den Weech aussm mächtign Wald gezeicht, er abba hätte ihn dafüa vasprechn müssn, wat ihm zueast am könichlichn Hoofe begeechnen wüade un dat wäare ja sie, un dat tääte ihm nun so leid.

97

Da sachte de Könichstochta zu ihm:
„Ach Vadda, weisse wat? mach dich kein Kopp, ich weade dia zuliebe mit ihm gehn tun, wenna denn käme."

Hanz mein Iigl abba hüütete weita de Schweinkes un de Schweinkes bekamen widda Schweinkes un wuadn ihra so viele, dat mitma dea ganze Wald volla Schweinkes wa, weisse. Da wollte Hanz mein Iigl nich länga im Walde leehm un ließ sein Vadda saagn, se solln alle Ställe im Doafe räumen machn, denn er käme mit eina so mächtign Heade, dat jeeda Schweinkes schlachtn könnte, dea nua schlachtn wollte. Da wa sein Vadda ganz schön bedröpplt, alza höaate, denn er dachte, Hanz mein Iigl wäare schonn lange apgenipplt.

Hanz mein Iigl abba setzte sich auf sein Göcklhahn, triep de Schweinkes voa sich hea, biss inz Doaf hinein un ließ se schlachtn machn. Kea hömma, wat wa dattn Gemetzl un nen Hackn im Doaf, dat konntesse übba zwei Stündkes ganz weit höaan tun, weisse. Nachm Schlachtfest sachte Hanz mein Iigl:
„Hömma Vadda, lass mich mein Göcklhahn nomma inne Schmiede neu beschlaagn machn, dann reite ich füa imma foat un komm mein Leeptach nimmameha widda."

Dat ließ sichsein Vadda nich zweima saagn un ließ den Göcklhan nomma beschlaagn machn un wa mächtich froh, dat Hanz mein Iigl sich entzlich vapisste un mimmameha na Hause komm wollte. Hanz mein Iigl ritt foat, zueast in dat easte Könichreich, da hatte dea Könich abba befohln, wenn da son Seega auffm Hahn gerittn käme un er hätte nen Duudlsack bei sich bei, dann solltn alle auf ihn ballan, vakloppm oda einstechn, damitta nich inz könichliche Schlössken käme.

98

Alz nun Hanz mein Iigl auf sein Göcklhahn daheagerittn kam, drangn se mit Baajonettn auf ihn ein, abba er gaap den Hahn de Spooren. Dea flooch auf, übba dat Tor vonne Schlossmaua un direkt voa dat Fenstaken det Könichs, ließ sich da nieda un rief ihn zu, er sollz ihm geebm machn, watta ihm vasprochn hatte, sonz wollta dea Könichstochta dat Leehm nehm tun.

Da gaap dea Könich sein Töchtaken guute Woate mit auffm Weech, se möchte zu ihm hinaus gehn tun, damit se ihm un sich dat Leehm rettn tut. Da ströppte sich de Prenzessin weisse Fumml übba ging raus un ihr Vadda gaapse ne Kutsche mit seckz Gäule un herrliche Bediente mit, viele Moneetn un Guut. De Prenzessin pfleetzte sich inne Kutsche un Hanz mein Iigl mit seinen Hahn un Duudlsack daneehm, dann nahm se Apschied un se zoogn foat un dea Könich dachte, er kricht se nimmameha zu seehn.

Hömma, et lief abba ganz andas alza dachte, weisse; denn alze son Sücksken det Weechs voare Stadt waan, da ströppte ihr Hanz mein Iigl de töftn weissn Fumml aus un staach se mit seina Iiglpelle, bisse ganz bluutich wa un sachte dann zu se: „Hömma, dat is füa eure Hintafotzichkeit. Kea, geh mich blooß wech, mit eure Falschheit, ich will dich nich, also vapiss dich!"

Er jaachte se wech, zurück na Hause zu ihan vadammtn Vadda, somit wa se gedehmüüticht un beschimpft füa ihr Leeptach, weisse.

Hanz mein Iigl abba ritt weita auf sein Göcklhahn un mittm Duudlsack zum zweitn Könichreich, woha dem olln Könich au den Weech aussm Walde gezeicht hatte. Dea Könich abba hatte bestellt, wenn eina käme, dea aussehn tut, wie Hanz mein Iigl ausehn tut, dann solltn se ihm den Schießprüügl mit volla Stolz prässentian tun, „Vitvat" ruufm machn un ihn wacka inz Schlössken heareinfüahrn.

Illustration: **Otto Ubbelohde** 1867 – 1922 (Bild-PD-alt)

Wie abba nun de Könichstochta Hanz mein Iigl sah, wa se voll easchrockn, weila ja so wundalich aussah, se dachte abba, et wääre nich andas, denn se hätte et ja ihrn Vadda vasprochn gemacht. Hömma, da waad Hanz mein Iigl ihr seha willkomm gemacht un er wa mit se vamäählt woadn. Da mussta anne könichlichn Taafl gehn tun un de Prenzessin setzte sich neehm ihn an seina Seite un se spachteltn un süppltn zusamm. Wie et nun Aahmt waad un se wolltn inne Poofe zum pennen gehn, da bekam de Prenzesin mitma Muffmsausn, denn se hatte angst voa seine stachlige Pelle, weisse; er abba sachte zu se:
„Ker Mäusken, hap ma keine bange, et wiad dich kein Leid geschehn tun," dann spraacha zum olln Könich:

100

„Hömma Schwiegaolln, pack ma so viiea Seegas vonne Bedientn voare Schlaafkamma, datse da wachn tun un se solln ma im Kamin Feuja anmachn un so richtich einheitzn, denn wennich inne Fuazmolle am ratzn geh, willich mich meina Iiglpelle entleediegn un se voare Poofe am liegn lassn, vastehsse. Dann solln de Seegas wacka reinhüppm un se inz Feuja zu weafm, un se solln au dabei bleim tun, biss dat Feujaken de ganze Pelle veazehrt hat un allet vabrannt is.“

„Jau geht klaa hömma,“ antwoatete dea oll Könich un et geschah wie Hanz mein Iigl et valankte. Wie dat Glöckzken nun um elwe schluuch, da ginga inne Kamma, ströppte sich de olle Iiglpelle runna un ließse voare Poofe am liegn; dann kamen de Seegas un packtn sich wacka de Iiglpelle un schissn se inz Feuja un alz dat Feuja se veazehrt hatte un allet in Ruus un Rauch vabrannt wa, da waara ealööst un laach ganz nackich un alz ne Menschngestalt inne Poofe, abba er wa kohlnschwatt, wie gebrannt, weisse.

Hömma, alz dea Könich davon Wind bekam, schickte er zu seinen Quacksalba, dea wuusch un salpte ihn un mit guutn Salbm balsamieate er ihn ein. Hömma, da waad Hanz mein Iigl weißa un weißa un waad mitma nen schnieka junga Seega. Hömma, wie dat de Könichstochta höaate un ihn so töfte von Antlitz voa sich am stehn sah, wa se froh un am andren Moagn standn se beide mit froidn auf, schnabbulieatn sich zusamm beim Käffken dat Frühstück rein un so waad de Vamählunk east recht gefeiat un dann bekam Hanz mein Iigl dat Könichreich vom olln Könich au noch übbareicht.
Hömma, wie einige Jäahrchen inz Land gezoogn sin, da fuhr er mit seina schniekn Gattin zu seinen Alten un sachte:
„Hömma Vadda, ich binnet, dein Bengl.“

Dea Vadda abba spraach:

„Ker geh mich bloß wech, ich hap kein Bengl nich, ich hatte nua ein, dem seine Pelle wa abba wie vonen Iigl mit Stachln, so issa geboan woadn un nu issa iangswann inne vadammte Welt apgehaun."

Da gaapa sich Hanz zu eakenn un dea olle Vadda freute sich un se gingn zusamm in sein Könichreich.

So hömma, dat Mäachen is aus, getz gehma alle voa Hänzkenz Haus.

* * * **ENDE** * * *

Dat goldne Vögelken

Et wa eima voa langa, langa Zeit, da leepte im Ruhrpott nen Könich, dea hatte nen Lustgaatn hinta sein Schlössken un darinnen stand n' Bäumken, dea goldne Äppl truuch. Hömma, alz de Äppl reiftn, da wuadn se gezählt, abba gleich am näästn Moagn fehlte diret eina. Dat waad abba wacka den Könich gemeldet un er befahl, dat alle nächtelank ne Wache untam Bäumke sitzn sollte un aufpassn tun, dat keine meha nen Appl stebitzt. Dea Könich hatte drei Bengls, davon schickte er den älstn bei einbrechnda Nacht innen Gaatn, datta dat Bäumke bewache; wie et abba Mittanacht waad, konnta sich det einratzn nich eaweahrn un am näästn Moagn fehlte widdarum nen Appl.

Inne folgendn Nacht musste dea zweite vonne Bengls wachn machn, abba dem eaginget wie sein älstn Bruuda, weisse. Alz et zwölwe inne Nacht schluuch, da schluuch au er de Döppm zu un pennte ein un moangs fehlte nen Appl.

Getz kam dea jüngzte anne Reihe zum wachn dranne, hömma, dea wa au bereit, abba dea Könich traute ihn nich viel zu un meinte, er wüade no weniga ausrichtn könn, alz de beidn andren Bengl; abba entzlich gestatte er et doch un schickte ihn los Wache zu haltn. Hömma, dea Jünglik leechte sich untas Bäumke un wachte, abba er ließ den Schlaf nich übba sich Herr weadn, vastehsse? Alz et widdarum zwölwe shluuch, so rauschte iangswat duache Luft umhea un er sah im Moonschein nen Vögelke am fliegn machn, dessn Gefieda ganz in Gold am glänzn wa. Hömma, dat Vögelke ließ sich auf dat Bäumke nieda un hatte ebent sofoat nen Appl im Schnaabl un dea Jüngling nen Pfeil nach ihm apschoß.

Illustration: **Otto Ubbelohde** 1867 – 1922 (Bild-PD-alt)

Dat Vögelke machte sich sofoat vom Acka un entflooch, abba dea Pfeil hatte sein Gefieda getroffm un et fiel eine vonne goldnen Feedan hearap. Dea Jüngling hoopse auf, brachtese am annan Moagn dem Könich un eazählte ihm de Storrie, wat so inne Nacht Ambach wa. Dea Könich vasammlte draufhin sein Raat un jedamann eakläate; hömma, sonne goldne Feeda is meha weat, alz dat ganze Könichreich.

„Hömma, is de Feeda au so kostbaa," sachte dea Könich, „nutzt et mich nix biss gaanix, wennich nua eine happ. Kea, ich will un muss dat ganze goldneVögelke haabm machn."

Dea älste Sohn machte sich also auffm Weech, valieß sich auf seine Kluuchheit un meinte, dat goldne Vögelke schonn finden zu machn. Wieja ne Strecke gelaatscht wa, da saahra am Rande det Waldes nen Fuckz am sitzn, leechte seine Flinte an un ziehlte auffm.

Dea Fuckz bemeakte et un rief:

„Ey du Depp, tu nich auf mich schießn machn, ich tu dich dafüa nen guutn Rat geebm. Hömma, du biss do auffm Weech dat goldne Vögelke am findn tun. Pass mich ma auf, du kommz heut aahmt innen Doaf an, wo zwei Wiiatzhäuskes einanda geegnübba stehn tun, hömma, einz is voll ealeuchtet weisse un da geht richtich de Post ap; da tuma nich einkeahn, sondan geh inz andre, wennet au ne olle Kaschemme is un et da aussehn tut, wie bei Hemplz untam Sofa."

„Kea, wie kann mia denn son dussliget Viech nen vanümptign Rat eateiln wolln!" dachte sich dea Könichssohn un drückte ap, abba er vafehlte den Fuckz, dea sein Schwannek streckte un wacka innen Wald wetzte.

Daraufhin setzte dea Könichssohn den Weech foat un kam aahms inz Doaf, wo de beidn Wiiatzhäuskes sich geegnübba standn; in den einen waad geträllat, geschwooft un rumgehüppt un dat andre hatte nen schmuddliget un aamseeliget un betrüüptet Anseehn.

„Kea, ich wäare wohl nen Dööskopp," dachta sich, „wennich inne lumpige un schmuddlige Kaschemme einkeahn tu un dat apgefaahne links liegn ließ."

Also keahrte er inz lollige Wiiatzhäusken ein, leepte da in Saus un Braus un vagaaß ganz dat goldne Vögelke, sein Vadda den Könich un alle guutn Leahren, dieja biss dahin folchte.

Alz ne ganze Zeit vastrichn wa un dea älste Bengl det Könichs imma un imma nich na Hause kam, so machte sich dea zweite auffm Weech un wollte dat goldne Vögelke suuchn machn. Hömma, au wie dem älstn begeechnete ihm dea Fuckz un gaap ihn nen guutn Rat mit auffm Weech, den au er nich achtete, Er kam au zure beidn Wiiatzhäuskes, wo sein Bruda am Fenstaken des einen am stehn wa, aus dem mächtiga Juubl easchallte un ihn zurief. Kea, au er konnte nich widdastehn un vasackte in diesm Sündnpfuuhl un leepte nua seine Lüste, vastehsse!?

Widdarum ging ne lange Zeit duach'n Pott, da wollte dea jünkzte Bengl det Könichs sich auffe Porreepiepm machn um dat goldne Vögelke suuchn zu tun, sein Vadda abba wollte et paatu nich zulassn un spraach:
„Hömma mein Bengl, et is vageeplich, du wias dat goldne Vögelke genauso weenich findn machn, wie deine Brüüda zuvoa. Un wenn dich nen Unglück passiean sollte, un du im Schlamassl am steckn biss, so weisse dich nich am helfm, et fehlt dich eehmt am Bestn, weisse."

„Kea Vadda," sachte dea Jünglink, „kumma, ich bin dea einzige deina Bengls, dea dat goldne Viech noch findn könnte," lamentieate er weita, „komm tu mich doch gehn lassn, ich vasprech dich au, dat ich auf mich aufpassn tu un will dich nich entäuschn machn."

Hömma, da dea Könichsohn weita keine Ruhe gaap, ließ der Könich sein jünkztn Bengl au inne weite Welt ziehn. Er laatschte los un kam am Rande det Waldes an, da saaßa widda dea Fuckz, baat um sein Leehm un gaap den Jüngling den guutn Rat mit auffm Weech. Dea Jünglink wa gutmüütich un sachte zum Fuckz:

„Hömma Flückzken, sei stikkum, ich will dich nix un ich tu dich au nix zuleide, happ ma kein Muffmsausn."

„Hömma," antwoatete dea Fuckz, „et soll dein Schaadn nich sein un du wiasset nich gereun un damitte wacka vorran kommz, steich mich hintn auf mein Schwannek auf."

Kea, kaum hatta sich aufgesetzt, ging et au schonn ap un dea Fuckz wetzte los, et ging übba Stöckzkes un Steinkes, dat dem Bengl seine Fussln am Kopp im Winde pfiffm. Alze inz Doaf ankamen, stiech dea Jünglink runna, befolchte den guutn Rat un keahte, ohne sich umzesehn, inne olle un schmuddlige Kaschemme ein, wo er ruhich übbanachtete.
Am anden Moagn, wieja ausgpennt hatte un auf Feld kam, da saaß schonn dea Fuckz un sachte:
„Hömma, ich will dia weita saagn, watte zu tun hass. Geh ma imma weita graade aus, dann wiasse nache Zeit annem Schlössken komm, voa dem ne große Schaa Soldaatn liegn tut, abba kümma dich nich drumm, denn se weadn alle am ratzn un schnaachn sein: geh mittn duachse duach un graadeweechs inz Schlössken hinein, geh da duach alle Stuubm un zuletzt wiasse annem Kabüffken komm, wo nen goldnet Vögelke innem hölzanen Kääfich am hängn tut. Abba hömma, pass mich auf, neehman hänkt nen leera goldna Kääfich, nich datte dat Vögelke aussm schlechtn nimmz un ihn innen prächtign goldnenn Kääfich steckz, sonz wiadet dich schlecht eagehn, weisse."

Nach diesn Woatn streckte dea Fuckz widda sein Schweif inne Höhe un dea Könichssohn setzte sich auf; da gings abbamalz übba Stöckzkes un Steinkes, dat de Hääachen im Wide pfiffm. Alza nun beiem Schlössken angelankt wa, fanta allet so voa, wie et ihm dea Fuckz gesacht hatte. Er laatschte voasichtich duache pennden un schnaachnden Soldaatn hinduach un gelankte nach vieln Stuubm entzlich inz Kabüffken, wo dat goldne Vögelke im hölzanen Kääfich saaß un nen goldna direkt daneehm hing; hömma, de drei stebitztn goldnen Äppl laagn da einfach so innem Kabüffken umhea. Da dachte sich dea Jünglink, et wär doch lächalich, wenna dat töfte Vögelke innem schäbbign Kääfich lassn sollte, öffnete dat Tüachen, packte ihn un setzte ihn innen goldnen.

Kea hömma, in dem Aungblick abba tat dat Vögelke nen duachdringden Schrei. De Soldaatn eawachtn, stüaztn hinein un füahrtn den Jünglink in den Knast. Am näästn Moagn wuade er voa Gericht gestellt un zum Tode veaknackt. Doch dea Könich det Landes sachte, er wollte ihm unta eina Bedingunk sein Leehm schenkn machn, wenna ihn nämlich den goldnen Zossn brächte, welcha noch schnella liefe alz der Wind, vastehsse!? Un zum Schluss sollta alz Belohnunk dat goldne Vögelke eahaltn bekomm.

Dea Könichssohn willichte ein un machte sich auffm Weech, seufzte abba un wa bedröpplt, denn wo sollta denn den goldnen Zossn findn machn? Da saahra auf eima sein guutn Kumpl un treun Froind, den Fuckz am Weech am sitzn un er spraach:
„Siehsse? So isset gekomm, wie ichet dich gesacht happ, getz hasse den Schlamassl, weile nich auf mich gehöaat hass. Doch sei ma guutn Muutes, ich will dich aussm Schisselameng schonn rausholn tun un dia saagn machn, wo dea goldne Zosse am finden is. Du muss nua graade Weechs weita laatschn, so wiasse widda annem Schlösken komm, wo dea Gaul in sein Stall am stehn is. Hömma, voam Stall weadn drei Stallknechte liegn machn, abba se weadn penn un schnaachn tun un du kannz ruhich den goldnen Zossn hearausfüahn.

108

Abba auf einz musse dich in acht nehm, leech ihm den schlechtn Sattl von Holz un Leeda auf un jaa nich den schnieken goldnen, dea dabei am hängn is, sonz wiadet dich schlecht eagehn tun, hasse kapieat?!"

Illustration: **Otto Ubbelohde** 1867 – 1922 (Bild-PD-alt)

Dann streckte dea Fuckz widda sein Schwannek aus un dea Könichssohn pfleetzte sich drauf, et ging widda übba Stöckskes un Steinkes, dat de Fussln am Kopp im Winde pfiffm. Hömma, allet traaf abbamalz so ein, wie dea Fuckz et sachte un er kam annen Stall, wo de Stallknechte aum Boodn schnaachent penntn un dea goldne Zosse drinnen stand; alza ihm abbe den schlechtn Sattl aufleegn wollte, so dachta doch: „Kea, son töfta Gaul wiad vaschändlt, wennich ihn nich den goldnen aufleegn wüade, dea ihm au gebüat, weisse."

Hömma, kaum hatta den goldnen Sattl det Zossn mitte Griffl au nua berüaht, fing dea Zosse so laut am wiehan an, dat de Stallknechte eawachtn un den Jünglink ergriffm, ihn apfüahrtn un in im Knast waafm.

109

Am andren Moagn wuade Gericht gehaltn un er waad zum Tode vaknackt, dea Könich abba wollte ihm abba nomma ne Schankze geebm, ihm dat Leehm schenkn machn un den goldnen Zossn no dazu, wenna de schnieke Könichstochta det goldnen Schlösskes heabeibringn wüade. Mit schwean Heazken machte sich dea Jünglink aufm Weech, weila abba nich wusste, wieja dat goldne Schlössken findn machn könnte, waara total bedröpplt, abba zu sein Glück fanta sein Kumpl den treun Fuckz.

„Kea, kea, ich sollte dich in dein Schisselameng lassn," sachte dea Fuckz, „abba ich hap Mitleid mit dich un will dich nomma ausse Not helfm tun. Dein Weech füaht graadeweechs zum goldnen Schlössken; aahms wiasse ankomm un nachtz, wenn allet stikkum is un ratzt, dann geht de schnieke Könichstochta inz Baadehäusken, um baadn zu machn. Hömma, un wennse hineingehn tut, so spring aufse zu un gipp iha nen Knuutscha auffe Schnüss, dann folchtse dia aufm Flunkn un du kannze foatfüahn: nua dulde nich, datse voahea von ihre Eltan Apschiet nimmt, sonz kannet dich seha schlimm eagehn, vastehsse!?"

Dann streckte dea Fuckz sein Schwanz un dea Könichssohn setzte sich auf, un so ginget widda übba Stöcksken un Steinken, dat de Hääachen im Wide pfiffm. Alza beim goldnen Schlössken ankam, wa et widda, wie dea Fuckz et sachte. Er waatete bis dea Mond übba Wanne-Eickl aufging, et Nacht waad un allet pennte un de Könichstochta inz Baadehäusken laatschte. Da spranga mit nem Satz auf se zu un gaap iha nen Knuutscha voll auffe Lippm. Se sachte datse geane mit ihm mitgehn wüade, abba widdarum flehendlich un mit Tränkes inne Klüüsn, möchta iha doch ealaubm, sich voahea vonne

Eltan sich zu vaapschiedn. Er widdastand anfankz iharen Bittn, abba alze imma meha un bittalich flennte un ihm zu de Maukn fiehl, so gaapa iha entzlich nach. Kea, dat hätta nich tun solln, denn kaum wa de Junkfrau zu de Poofe von Vadda un Mudda gestieflt, so wachtn alle auf, die im Schlössken penntn un dea Jünglik wuade widda ma festgenomm un im Knast geschmissn. Am Moagn kam dea Könich bei ihm bei un spraach:

„Hömma, dein Leehm is vawiakt un du kannz nua Gaade findn, wenne de ganze Halde apträächs, die voa meine Fenstakes liecht un übba welche ich nich hinwechkuckn kann un dat musse in acht Taagn ealeedicht haabm, weisse. Hömma, gelinkt et dich, dann sollze mein Töchtaken zua Belonunk bekomm."

Dea Könichsohn leechte los, er gruup un ackate wien Geisteskranka, er schaufelte un maloochte, wie son Beachmann unta Taage. Alza abba nach sieem Taage sah, wie wenich er ausgerichtet hatte un all seine Malooche so gut wie nix weat wa, so fiela in großa Traucrichkeit un wa total bedröpplt un gaap de Hoffnunk auf.

Am aahmt det sipptn Tachs abba easchien ihn dea treue Fuckz un sachte:

„Kea, lass de Omme nich hängn, du vadienzet zwaa nich, dat ich dich deina annehme, abba geh nua hin un leech dich am penn, ich weade de Malooche füa dich schonn tun."

Am andren Moagn, alz dea Jünglink eawachte un zum Fenstken rauskuckte, so wa de Halde vaschwunn. Er eilte volla Froide wacka zum Könich un meldete ihm, dat de Bedingunk eafüllt sei un dea Könich mochte wolln oda nich, er musste Woat haltn tun un ihm sein Töchtaken rausrückn. Nun zoogn beide foat un et wäahte nich lange, so kam dea treue Fuckz dahea gestiefelt un spraach:

„Dat beste hasse zwaa," sachta, „abba zu dea goldnen Junkfrau gehöat au dea goldne Zosse."

„Jau, un wie sollich den bekomm," fraachte dea Jünglink.

„Dat willich dich saagn," antwoatete dea Fuckz, „zueast bring den Könich, dea dich zum goldnen Schlösske geschickt hat de Prenzessin. Da wiad mächtich Froide sein, se weadn dich den goldnen Zossn voafüahn un ihn dia geebm machn.

Hömma, setz dich wacka auffm Zossn un gipp zum Apschied alln de Flosse hearap, zualetzt abba der schniekn Prenzessin, dann packse beie Poote un ziehse mit Schwunk hearauf un reite wacka mittm goldnen Zossn davon un niemand wiad imstande sein tun dich einzeholn, denn dea Gaul is schnella alz dea Wind, weisse."

Hömma, allet wuade so un glückzlich vollbracht un dea Könichssohn füahte de schnieke Prenzessin auffm goldnen Zossn davon. Dea Fuckz blieb aunich zurück kam mit un sachte untaweechs zum Jünglink:

„Hömma mein Froind, getz willich dich au beim goldnet Vögelke helfm machn. Pass ma auf, wennze nahe beim Schlösske biss, wo sich dat Vögelke befindn tut, so lass de Junkfrau apsitzn un ich will dich unta meine Fittiche nehm. Dann reite mittn goldnen Zossn innen Schloßhof; beiem Anblick wiad mächtich Froide sein tun un se weadn dich dat goldne Vögelke hearausbringn machn. So wieje den Kääfich inne Poote hälz, jaage wacka mittn Zossn zurück zu unz un hol de schnieke Junkfrau ap."

Alz dea Anschlach gelungn wa un dea Könichssohn mit seinen Schätzn heimreitn wollte, so sachte dea Fuckz zu ihm:

„Nun sollze mich au gescheit belohn tun, weilich dich imma widda gut geholfm happ."

112

„Ja nee, is klaa," sachte dea Jünglink, „wat willze denn?"

„Pass mich auf, wennwa innen Wald komm tun, so tu mich totschießn machn un dann hau mich de Porrepiepm un den Deetz ap," sachte dea Fuckz.

„Kea nee, dat is abba ne schöne Dankbaakeit," sachte dea Könichssohn, „dat kannich dich unmööchlich gewääahn!"

„Hömma, wennzet nich tuhn willz," spraach dea Fuckz, „so mussich dich getz valassn; ehe ich abba aphaue willich dich noch´n guutn Rat mit auffm Weech geehm. Hömma, voa zwei Sachn tu dich hüütn tun, kauf dich niemalz Galgnfleisch un tu dich nie annem Brunnrand setzn machn."

Dann liefa wacka innen Wald hinein un dea Jünglink dachte: „Dat is abba nen wundalichet Tiia, dat komische Gedankens hat. Wea kauft sich schonn Galgnfleisch! Un de Lust mich annem Brunnrand setzn zu tun, is mich nonnie gekomm."

Dann ritta mitte schöön Prenzessin un dem goldnen Vögelken weita un sein Weech füahte widda duachet Doaf, wo seine beidn Brüüda vasackt waan.
Hömma wat da nen mächtiga Auflauf läamen un Krakeehln wa un er fraachte wat denn hia Ambach wäare, man sachte ihm, dat zwei Halunkn aufgeknöppt weadn wüadn un se hängn müsstn. Alza näaha hinkam, saahra, dat et seine Brüüda waan, die allahand üüble Streiche vaüüpt und ihr ganzet Vamöögn vaprasst un veahuat hattn. Er fraachte opse nich frei gemacht weadn könntn un de Leutz antwoatetn:
„Sicha dat, wenna füase lackn tuhs, abba wat wollta den eure guutn Penunsn füa so schlechte Menschn vaprassn."

113

Illustration: **Otto Ubbelohde** 1867 – 1922 (Bild-PD-alt)

Hömma, er besann sich nich un lackte de Moneetn füase un alze frei waan, so setzte er mit ihnen de Heimreise foat. Se kamen duachn Wald, wose den Fuckz zueast begeechnetn, et darinnen kühl un lieplich wa un dea Lorenz heiß knallte, so sachtn de beidn Brüüda zum Jünglink:
„Kea, lasst unz ma nen kleinet Päusken am Brunn da machn, um etwat zu spachtln un zu süppln."

Er willichte ein un wäahnd det Gespräächs vagaaßa sich un hockte sich auffm Rand det Brunn´s, abba de Brüüda waafm ihn rückzwäatz hinein un nahmen ihn de schnieke Prenzessin, den Zossn un dat goldne Vögelke wech un zoogn heim zu ihan Vadda un spraachn:
„Hömma, da bringn wia ihm nich nua dat goldne Vögelke," sachtn se, „wia hamm au en goldnen Zossn un de Prenzessin det goldnen Schlösske dabei."

114

Kea, wa da grooße Froide hömma, abba dea Gaul fraaß nich, dat Vögelke pfiff nich un de Prenzessin saaß nua da un wa am plärren dranne. Dea jünkzte Bruuda abba wa nich krepieat, alza innen Brunn gestoßn wuade, nee hömma, der Brunn wa zum Glück trockn un er konnte nich easaufm un er fiel auf weicht Moos ohne sichn Hääachen zu krümm un klettate widda raus. Au in diesa Not valieß ihm dea treue Fuckz nich, kam heabei gesprungn un schalt ihn, oppa sein guutn Rat vagessn hätte.

„Kea, ich kannet einfach nich lassn," sachte dea Jünglink!

„Noch bisse nich aus alla Gefahr," antwoatete dea Fuckz, „deine Brüüda waan deinet Todes nich gewiss un haabm den Wald mit Wächta umstellt. Se solln dich töötn machn, wenne dich blickn lässt, weisse."

Auffm Weech zum Schlööke saaß nen aama Keal am Weechrand, mit dem tauschte dea Jüngling de Klamottn un gelankte so annen könichlichn Hof. Kein Sack eakannte ihn, abba dat Vögelke fink am pfeifm an, dea Gala am fressn un de schnieke Könichtochta höaate mittm heuln auf un der Könich fraachte vawundat, wat dat zu bedeutn hätte. Da spraach de Junkfrau:
„ich weisset nich, abba ich wa so bedröpplt nun binnich lollich. Et is mia so, alz wäare mein rechta Bräutigam gekomm."

Se eazählte dem Könich wie allet gekomm wa, opgleich de beidn Brüüda iha den Tod angedroht hattn, wennse wat auskwatscht. Dea Könich ließ alle Leutz voa sich bringn, die in seinen Schlössken waan, da kamm au dea Jünglink alzn aama Seega in lumpige Klamottn. Kea hömma, abba sofoat eakannte ihn de schnieke Prenzessin un fiel ihm ummen Halz.

De gottloosn un hintalistign Brüüda wuadn eagriffm un nen Kopp küaza gemacht, dea Jünglink waad mitte Prenzessin vamählt un zum Eabm det Könichs bestimmt. Abba wie isset den treun Fuckz eagangn? Lange danach ging dea Könichssohn innen Wald un begeechnete dem Fuckz un sachte:

„Kea, du hass nun allet watte dich wünschn kannz, abba mit mein Unglück willet kein Ende nehm, weisse. Et steht in deina Macht mich zu ealöösn."

Abbamalz fleehte dea Fuckz den Jüngling an, er sollte ihn doch entzlich totschießn machn, de Kackstelzn un Kopp aphackn. Also tat et dea Jünglink, machteet abba ungean, abba kaum wa et geschehn, so vawandelte sich dea Fuckz innen Menschn un wa niemand andret, alz dea valoane Bruuda dea schniekn Könichstochta, dea entzlich vonnem Zauba ealöößt wa, nun fehlte ihnen nix meha zu iharen Glück solange se noch im Ruhrpott un auf Eadn leeptn, weisse.

* * * ENDE * * *

Bonusmäachen unnen wahret Weihnachtzdöneken

Et war eima …, im Ruhapott inne sibbziga Jaahre, inne olln Stadt Recklinghausn. Da lebte einzt n´ kleina Döppke, dea seine Mudda gaa so liebte, Et war inne Atzwentzzeit kuarz voare Heilge Nacht. Da dea Bengl noch so winzich un graat ma 12 Jäahrchen alt wa hömma, hatta nich viele Penusen inne leztn Monate spaan könn, abba er wollte zu Weihnachtn seina Mudda ne mächtich große Freude machn tun un ihr n´ töftet Geschänk kaufm. Er läate sein Spaaschweinken, abba da wa nua ne Maak säxsnachzich drinne. Da dachta sich in sein jugentlichn Leichtsinn:

„Kea, wie komm ich denn an Knete? Mmhh, ich könnt ja Kohln Einpann tun",

gedacht getan. So laatschte er duache Kolonie um zu glotzn, wo wat an Kohln geliefat wuade, um beim Einpann helfm zu machn. Mitmal saaha nen mächtign Haufm Eijakohln, dea voam Häusken laach un keina wa da de Schüppe an schwingn. So klinglte dea kleene Bengl an un ne alte zabrächlich, koddrige Omma machte de Tüa offm un fruch:

„Kea hömma kleena, wat willze denn, oda hasse wat angestellt? un beömmelte sich, weisse. Dea kleene Döppke abba sachte zu se:

„Hömma Omma, hasse de Kohln gekricht, die voam Häusken am liegn tun un kannich dich helfm machn?"

Da antwoartete de Alte:

„Jau habbich, wennze willz kannze dat geane machn, ich mach dich ma eehmt den Kellafensta offm un dann kannze, wennze willz, füa 3 Maak Malochen un mich de Kohln Einpann, abba fall mich dabei nich vom Fleisch. Ach kea, watte ma, hia hasse voher noch n' Appl, damitte groß un staak wiars, nä."

Er haute sich den Appel rein un verputzte sogga de ganze Appelkitsche mit un ließ nix übba, aussa den Applstiel. Dann finga au langsam an de Panne zu schwing un weil de Kohln direkt voarem Kellafensta am lieegn waan, ging dat wacka vonne Flosse, abba der Bengl öölte wie son Bearchmann unta Taage, weisse. Doch nach etwa nem Stündken waan de zwanzich Zentnas Eijakohln eingepannt un er bekam von dat Ömmken de 3 Maak füare Maloche. Beim Abschied sachte dat Ömmken noch:

"Hia mein Döppke, hia hasse de 3 Maak un nowat zu süppeln, weile so am ööln biss. Un weile noch so fleißich waas un den Bürgasteich gefeecht hass, krisse von mich noch Zwickl oohmdrauf, dann kannze deina Mudda wat schönet zu Weihnachn kaufm tun" un verschloss hinta sich de Türe.

Dat Blach freute sich mächtich, begaap sich sofoat innen süüdn vonne Stadt Recklinghausn, ging abba voahea nich na Hause um sich de Fresse zu waschn, nee er laatschte mit seina Kohln vaschmierte Fratze schnuuastrax zurem Kaufaus hin. Wozu alle Leutz imma „Kauwaus Bäkka" gesacht haabm, denn da gaabet fast allet wat dat Hearzken erfreute. Voarem Laadn saß'n alta Mann. Kea, dea aame hatte nua noch ein Flunkn weisse, diesa Kerl hatte ein Schild voa sich am stehn, worauf stand. *Ich bitte um ne mickrige Spende füa meine Tööle un meina einz, ich happ nix zu Futtan un kein Dach übban Kopp. Danke unne töfte Weihnacht füa Euch*

Dat kleene Blach laaß dat Schild un sachte zurem olln Seega: „Hömma Gefatta, ich wead dich leida nich helfm könn, ich

118

happ nua 6 Maak un paar Fennigge, davon wollt ich meine geliepte Mudda nen töftet Weihnachzgeschänk kaufm tun."

„Hömma mein Jung, dat brauchsse au nich machn" sachte dea Penna, denn so sachten de Leutz zu dem, weisse.

„Samma, wat hasse gemacht, datte nua noch ein Flunkn hass?"

frachte ihn der Döppke, dea Alte antwoartete:

„Meine andre Porreepiepe habbich im Kriech gelassn, ich wa beie Russn inne Gefangschaft, weisse un alz ich widda heim kam, wa meine geliepte Mattka gestoam un die Hütte zabommt, seithea leebich sozusaagn auffe Strasse."

„Du aama" sacht dat Blach un ging ganz bedröppelt un nachdänklich innem Laden, um der Mudda wat kaufm zu tun. Er fant au ganz wacka wat töftet füa se, ließ et einpackn un ging zuare Kasse. Alza so anne Kasse am stehn wa, hatta nen schlechtet Gewissn bekomm un an den aarm alten Kerl gedacht un wia ihm donnoch helfm könnte.

Nach na Zeit, dieja duach Kauwaus Bäcka lief un getz wat andret füare Mudda besoacht hat, mussta widda annen altn mit seina Tööle voabei, er bliepa am stehn un sachte zu dem:

"Hömma aarma Mann, ich hap getz wat füare Mudda zu Weihnachtn, da wiad se sich bestimmt freun tun un füa dich un dein Köta habbich au nowatt", leechte ihm 2 Maak in sein Hütken un sachte drauf: „Hia hasse n´ paar Penunsen, kauf dich´n Knapp Brot un deine Töle ein Lekkachen."

Dea alte war ganz vadutzt, fing leise am plärren an un de Träänkes kullatn ihm ausse Döppen, un sachte:

„Gott schütze dich mein Sohn"

119

un gaap den Döppke ein kleinen, aus Holz geschnitztn Engel, mitte Woate:

„Hia mein Jung, hia hasse nen Schutzengelken, dea soll dich un deine Mischpocke beschützn machn"

un wischte sich voasichtich de Träänkes wech.

Wie et Heilich Aahmt wa, fuahrn se wie imma um sechzenn Uhr mittn Bus zure Großmudda um mit ihr un den Oppa de Beschäarung zu machn. Wie jedet Jahr fing et au widda anne Haltestelle am schneein an un de weichn weissn Flöckskes floogn duache Luft, alz wään et weiche Feedans. Beie Omma untan Tannbaum übbagaapa seina Mudda dat gekaufte Geschänk un dat geschnitzte Schutzengelke von dem altn Seega, mitte Woate:

„Hia Mudda, dat is füa dich, et sollet dich dein Lebtach beschützn tun un dat andre, dat is Pafföng."

Hömma, se valebten noch ne töfte Weihnacht un weil dea Döppke bis heute nonnich gestorm is, schreibta für euch heutzutaage de Gedichtkes, Geschichtkes un de Mäachens auf Ruhrpottisch, weisse Bescheit, nä!

ENDE

120